7 ⊏

COLECCION TELON

Dirigida por: Miguel Angel Giella y Peter Roster

ANTOLOGIAS, V

7 DRAMATURGOS ARGENTINOS

Antología del teatro hispanoamericano del siglo XX

7 piezas en un acto
representadas en el ciclo de
Teatro Abierto 1981

Roberto Cossa
GRIS DE AUSENCIA
Osvaldo Dragún
MI OBELISCO Y YO
Griselda Gambaro
DECIR SI
Carlos Gorostiza
EL ACOMPAÑAMIENTO
Ricardo Halac
LEJANA TIERRA PROMETIDA
Ricardo Monti
LA CORTINA DE ABALORIOS
Carlos Somigliana
EL NUEVO MUNDO

Edición, introducciones y bibliografía por:

Miguel Angel Giella
Peter Roster
Leandro Urbina

Colección Telón
Antologías
V

GIROL Books, Inc.
Ottawa, Canadá

Fotos de JULIE WEISZ y MAX FUND

Primera edición, 1983

c 1983, GIROL Books, Inc.
P.O. Box 5473, Station F
Ottawa, Ontario
Canada, K2C 3M1

Impreso y hecho en Canadá
Printed in Canada   ISBN 0-919659-07-1

Teatro Abierto: Fenómeno Socio-Teatral Argentino

La experiencia de Teatro Abierto 1981 comenzó casi un año antes con un grupo reducido de autores (diez), directores y actores que buscaban el modo de poder recuperar para el teatro argentino--aparentemente aburguesado y perezoso--a un público sintomáticamente remiso, organizando una muestra de obras nacionales contemporáneas.

La idea se desarrolló y fue cobrando forma. Se decidió que cada autor elegiría un tema sin ningún tipo de limitación ideológica o estética. Las obras serían escritas especialmente para este evento y las parejas autor-director de cada equipo se formarían por sorteo. Se acordó que ninguno de los participantes percibiría remuneración por las tareas que realizara.

Antonio Mónaco, director teatral y administrador del Teatro del Picadero ofreció dicho establecimiento. El Teatro del Picadero--uno de los más nuevos de Buenos Aires--correspondía por su estructura, tipo de escenario movible y no convencional, disposición de la gente en la sala, capacidad (340 localidades), y por estar céntricamente ubicado (en la cortada de Rauch a media cuadra de Corrientes y Callao), al sentido de todo el proyecto.

Fue así como veinte autores--la obra de Oscar Viale, aunque escrita, debido a problemas técnicos no se pudo montar--junto a veinte directores y más de 120 actores realizaron un espectáculo que se llevaría a cabo durante una semana a razón de tres obras en un acto por día durante tres meses.[1]

El éxito de esta empresa ya se preveía una semana antes del estreno. Los abonos para las funciones se habían agotado. Se invitó a la prensa y a los colaboradores a presenciar los ensayos finales de cada una de las piezas, que comenzaron el lunes 20 de julio a las seis y media de la tarde. Para el jueves 23, era tanta la cantidad de público que deseaba entrar, que a las seis de la tarde debieron cerrar las puertas del teatro. El resto de la semana sucedió lo mismo.

El martes 28 de julio se estrenó, ante un lleno total, Teatro Abierto. Durante los días subsiguientes, la cantidad de gente que quería ver el espectáculo se fue multiplicando. La acogida por parte del público sorprendió a los mismos organizadores, sobre todo si se piensa que la función, que duraba dos horas, comenzaba a las seis y media de la tarde. Este horario, poco usual en teatro, no era impedimento para que la gente dejara de asistir.

El viernes 7 de agosto, a las seis de la tarde, una multitud de más de mil personas se reunió en el Teatro Lasalle para escuchar a sus iniciadores que habían llamado a una conferencia de prensa ante un hecho insólito: en la madrugada del 6 de agosto un incendio había destruido totalmente el Teatro del Picadero, cuando apenas se llevaban cumplidas ocho funciones. Diecisiete fueron las salas de teatro ofrecidas para que Teatro Abierto continuara. De todas ellas, se eligió el Teatro Tabarís (600 localidades), ubicado en pleno corazón de

1. *En lugar de la obra de Oscar Viale, y bajo el título de Espacio Abierto, distintos actores hicieron una lectura semanal de textos de autores argentinos.*

Buenos Aires, en la calle Corrientes donde conti-
nuó Teatro Abierto. La repercusión de Teatro
Abierto había trascendido el hecho teatral que se
proponía.

El público llegaba diariamente al Teatro Tabarís,
una hora y media antes de comenzar el espectáculo.
La fila de gente esperando entrar a las 6:30 de la
tarde llegó a tener más de una cuadra de extensión.
Las entradas se agotaron y se vendieron con una
semana de anticipación (recuérdese que la sala
contaba con el doble de capacidad que la del
Teatro del Picadero).

Teatro Abierto, más allá de algún altibajo en la
calidad de las obras representadas (por otro lado de
esperar, en una muestra de esta magnitud), cumplió
con los objetivos estipulados en su creación: demos-
tró la vigencia y vitalidad del teatro argentino. Más
aún: generó el movimiento teatral argentino más
importante de todos los tiempos.

PROGRAMA
TEATRO ABIERTO 1981

Lunes:

Coronación de Roberto Perinelli. Dirección:
Julio Ordano.

Lejana tierra prometida de Ricardo Halac.
Dirección: Omar Grasso.

La cortina de abalorios de Ricardo Monti.
Dirección: Juan Cosin.

Martes:
  Decir sí de Griselda Gambaro. Dirección:
  Jorge Petraglia.
  El que me toca es un chancho de Alberto Drago.
  Dirección: José Bove.
  El nuevo mundo de Carlos Somigliana. Dirección:
  Raúl Serrano.

Miércoles:
  Criatura de Eugenio Grifero. Dirección: Jorge
  Hacker.
  Tercero incluido de Eduardo Pavlovsky. Direc-
  ción: Julio Tahier.
  Gris de ausencia de Roberto Cossa. Dirección:
  Garlos Gandolfo.

Jueves.
  El 16 de octubre de Elio Gallipoli. Dirección:
  Alberto Ure.
  Desconcierto de Diana Raznovich. Dirección:
  Hugo Urquijo.
  Espacio Abierto. Lectura de textos de autores
  argentinos.

Viernes:
  Chau, rubia de Victor Pronzato. Dirección:
  Francisco Javier.
  La oca de Carlos Pais. Dirección: Osvaldo Bonet.
  El acompañamiento de Carlos Gorostiza. Di-
  rección: Alfredo Zemma.

Sábado:

Lobo...¿Estás? de Pacho O'Donell. Dirección: Rubens Correa.

Papá querido de Aida Bornik. Dirección: Luis Agustoni.

For export de Patricio Esteve. Dirección: Carlos Catalano.

Domingo:

Mi obelisco y yo de Osvaldo Dragún. Dirección: Enrique Laportilla.

Cositas mías de Jorge García Alonso. Dirección: Villanueva Cosse.

Trabajo pesado de Máximo Soto. Dirección: Antonio Mónaco.

Gris de ausencia

ROBERTO COSSA

Nacido en 1934, Cossa comienza su carrera teatral como actor, proyecto que abandona para dedicarse a la escritura dramática.

En 1962 escribe *Nuestro fin de semana*, obra que estrena dos años después con un éxito sin precedentes. Desde ese momento, la producción de Cossa se hace sistemática. En 1966 estrena *Los días de Julián Bisbal*; en 1967, *La pata de la sota*; y el mismo año, la obra en un acto *La ñata contra el libro*. En 1970, en medio del agitado clima político y social que reinaba en la Argentina, escribe en colaboración con Carlos Somigliana, Germán Rozenmacher, y Ricardo Talesnik, *El avión negro*, especie de fresco político que reúne una variedad de estilos que van desde la sátira hasta el teatro de la crueldad, y en el que queda manifiesto el compromiso artístico-social de esta generación. Es quizás la experiencia de *El avión negro*, la que en cierta medida conduce a *La nona* (1977). En esta obra, el estilo realista-crítico, y la especial plasmación de lo cotidiano, característico de Cossa, se ve trastrocado por la irrupción del grotesco, combinación que produce una de las obras más importantes del teatro argentino de los últimos años.

A partir de aquí, podríamos decir que comienza una etapa más experimental en la dramaturgia de Cossa. *No hay que llorar* (1979); *El viejo criado* (1980), *Tute cabrero* (1981); *Gris de ausencia* (1981), tocan, con mejores o peores resultados, distintas cuerdas estilísticas, y amplían de manera considerable el registro de este autor que ha ingresado definitivamente en la etapa de la madurez creativa.

Gris de ausencia, obra sobre expatriados, es una ra-ra mezcla de elementos estructurales y de lenguaje. Cercana al melodrama, y con ese tipo de estructura tradicional, la obra está escrita en una combinación de idiomas que van desde el italiano, el ítalo-argen-tino, el porteño (lenguaje de Buenos Aires), y el español madrileño, hasta un inglés que no oímos, pero que se habla desde un teléfono en Londres. Se refiere así la historia de una familia diseminada que vive en ninguna parte o quizás en una geografía confusa en la que se entremezclan el Tíber y el Ria-chuelo.

Es tal vez el hecho de aludir a una situación cer-cana al exilio, fenómeno de gigantescas proporcio-nes en la década del '70 y hasta nuestros días, no sólo en Argentina sino en América Latina, lo que le da a esta obra una relevancia que supera los límites que le impone su excesivo sentimentalismo.

ROBERTO COSSA

GRIS DE AUSENCIA

A Carlos Somigliana

GRIS DE AUSENCIA

Director: **Carlos Gandolfo**
Asistente: **Claudia Weiner**

Abuelo . . . . **Pepe Soriano**
Chilo . . . .**Luis Brandoni**
Dante . . . . **Osvaldo De Marco**
Lucía. . . . . **Adela Gleiger**
Frida . . . .**Elvira Vicario**

La antecocina de la "Trattoría La Argentina", en el barrio del Trastevere, en la ciudad de Roma. Es un ambiente amplio que se usa como lugar de estar. A la derecha está la cocina, que el espectador no ve; a la izquierda una salida hacia los dormitorios de la casa y a foro otra que da al salón del restaurante. Al iniciarse la acción se escucha el sonido de un acordeón a piano. Es el Abuelo, que toca torpemente el tango "Canzoneta", sentado en un extremo del ámbito. En el otro, Frida trata de cerrar una valija desbordada de ropa.

ABUELO—"Cuando escolto o sole míooo... sensa mama e sensa amore... sento un frío cui nel cuore... que me yena de ansiedaaaa... Será el alma de mi mamaaa... que dequé cuando es un niño... yora, yora o sole mío... Yo también quero yorar". *(Prolonga los compases finales de la canción.)*
Un instante después ingresa Lucía, desde la cocina, trayendo un mate que tiende a Frida.

FRIDA—¡Coño! Esta maleta es muy pequeñita. Debí haber cogido la más grande. Siempre sucede lo mismo: retorno con más cosas de las que traje.

LUCIA—¿A qué lora sale lu avione?

FRIDA—Aún tengo tiempo. *(Sorbe el mate.)* Madre: no quiero que vengas a despedirme. ¿Me oyes?

LUCIA—Sai que no me piácheno la despedida.

FRIDA—¡Vale! En cuando llegue a Madrid te escribo.
Frida termina de tomar el mate y se lo tiende a Lucía.

LUCIA—¿E cuándo va a retornar a Roma?

FRIDA—No lo sé madre. En el verano, tal vez.

LUCIA—¿Cosa è tal vez?

FRIDA—Bueno... quiero decir a lo mejor. *(Lucía la mira sin entender.)* Que no es seguro. Eso quiero decir. Que no es seguro.

LUCIA—Dentro de sei mese, e no è securo. ¿Qué hace osté a Madrí? ¿Qué tene que hacer a Madrí que no pueda fachar a Roma?

FRIDA—Mi lugar está en Madrid.

LUCIA—Tu lucar... tu lucar... ¿Quié lo a deto? Dío a deto que tu lucar está a Madrí? ¿Dío a deto que mi lucar está a Roma? ¿Que el lucar de Martín está a Londra? ¿Eh? ¿Dío lo a deto? ¿Qué è Dío? ¿Una ayencia de turismo?

FRIDA—*(Con cansancio.)* Cada vez que vengo a Roma discutimos lo mismo.

LUCIA—Cada veche lo discutimo meno, entonche. Porque osté viene cada veche meno. Al princhipio venía todo lo mese. Dopo cada tre mese. Alora, dentro de sei... ¡E no è securo!

FRIDA—Anda, madre: tráeme otro mate.

Lucía sale hacia la cocina con el mate.

FRIDA—¿Sabes, madre? Le enseñé a Manolo a tomar mate. ¡Vieras cómo le gustó! Al comienzo creía que era una droga... algo así como la marihuana... *(Ríe.)* Pero oye, le dije... En mi país lo toman hasta los niños. ¡No lo podía creer!

En ese instante ingresa Chilo, con un ejemplar del diario "Clarín" bajo el brazo, mascullando insultos por lo bajo.

FRIDA—¿Qué sucede, tío? Estás alterado.

CHILO—¡Tano hijo de puta! ¡Guacho! *(Frida lo mira.)* El canilla... ¡El diarero! Es un tano guacho. Hace veinte años que le compro el "Clarín", todos los días. ¿Y vos querés creer que todos los días se lo tengo que pedir? Sabe que voy a buscar el "Clarín". Pero no. Se lo tengo que pedir: "Me da el

el 2do no
trae parte de
mi grupo — clase de la ¡identidad arg?

Clarín de Buenos Aires". Todos los días lo mismo. Pero oíme... En Buenos Aires le comprás tres días seguido el diario a un canilla y apenas te ve venir ya te espera con el diario en la mano. Yo compraba siempre el diario frente al policlínico Presidente Perón... Le compraba "Noticias Gráficas". Y todos los días me esperaba con el diario en la mano. Una tarde le dije: "Cambio por Crítica". Al día siguiente me esperaba con la "Crítica" en la mano. ¡Este tano!... ¡Veinte años! Y encima me insultó.

falta de
comprensión
total

FRIDA—¿Cómo te insultó?

CHILO—Y sí... Algo dijo en italiano.

FRIDA—¿Qué dijo?

CHILO—No le entendí. Pero se ve que me insultó. ¡Son así! ¡Los tanos son así! En cuanto se dan cuenta que no los entendés, te putean.

FRIDA—Pues a mí nunca me ha pasao.

CHILO—¿Qué no? La vez pasada lo saqué al viejo a dar una vuelta... Fuimos a ver toda la parte esa rota... Bue: nos perdimos. Y le dije al viejo: preguntá cómo hacemos para volver al Trastevere. El abuelo le preguntó a una viejita que salía de la iglesia. Y la vieja le contestó: "Andate a la puta que te parió".

prejuicio
de los clientes

FRIDA—*(Extrañada.)* ¿Eso le contestó?

CHILO—Bueno... En italiano. Pero algo parecido. ¡Y era una viejita que salía de misa!

Desde la entrada del salón ingresa Dante, vestido de gaucho. Tiene una servilleta que le cae sobre el antebrazo.

DANTE—Luchía... Luchía...

LUCIA—*(Apareciendo.)* ¿Cosa suchede?

DANTE—Han arribato cliente.

LUCIA—*(Molesta.)* ¿Tan temprano?

tener que
argentinos
audiovisu...
son depresi... de
prg... oral

DANTE—E se... Tan temprano. Andá a prepararte. ¡Vamo!

LUCIA—¡Porca miseria!

Lucía sale hacia los dormitorios.

DANTE—Chilo... abrime la mesa due. Do cuberto. E cuatro para la mesa sete. *(Se asoma a la cocina.)* Bruno: tre chinchulino molto cuchido... due mocheca e una insalata de tomate e chipolaaa... E una parriyada completa para cuatro. *(Suena el teléfono.)* Tattoría la aryentina, bonasera. ¡Comendatore! ¿Come vai?

Reaparece Lucía. Se ha colocado un poncho y va hacia la salida que da al salón. Al pasar junto a Frida le dice:

LUCIA—Retorno súbito.

DANTE—*(Tapa la bocina del teléfono y le habla a Lucía.)* Pane e chimichurri para la mesa tre. *(Al teléfono.)* Ah... comendatore... Habiamo locro... E un locro especiale: a la camatarqueña...

CHILO—*(Corrige.)* Catamarqueña... Catamarqueña...

DANTE—*(Al teléfono.)* ¡E una orden comendatore! La távola de la fenestra para tre persona. ¡Molto piachere! *(Cuelga. Va a salir y se vuelve hacia Frida.)*

DANTE—Non te va ancora, ¿no?

FRIDA—*(Mira la hora.)* Dentro de un ratito.

DANTE—*(Disculpándose.)* Oyi e vernedí. Un día bravo. ¿Capishe?

FRIDA—Atiende, padre.

DANTE—*(La besa.)* Dopo chi vediamo.

Dante ingresa al salón. Frida vuelve a ocuparse de la valija. Chilo está leyendo el diario. El Abuelo toca "Canzoneta".

ABUELO—"La Boca... cayecón, Vuelta de Rocha... bodecón, Yenaro e su acordeón... ¡Canzoneta gri de ausenchia, cruel malón de pena vieca escondida en la sombra del alcohol...".

CHILO—*(Leyendo el diario.)* ¡Oia! Mirá, papá. El domingo pasado estuvo de turno la farmacia de Don Pascual. *(Lee.)* Sección 22, Almirante Brown 1302. Era la farmacia de don Pascual, ¿te acordás?

ABUELO—Entonce no va a venir a cucar al tute. Cuando está de turno no viene a cucar al tute con me.

CHILO—¿Qué se habrá de don Pascual? Tenía tu edad, más o menos.

ABUELO—¿Cuanto ano tengo io?

CHILO—Y ochenti... Déjeme pensar. Salimos de Buenos Aires en el... Tenés ochenta y cinco.

ABUELO—Entonce don Pacual tene ochenta e tre. Cuando él e arrivato a la Aryentina tenía diecioto ano... e io vente. Sempre le quievé due ano. *(Se hace una pausa. El Abuelo toca.)* "La Boca, cayecón, Vuelta de Rocha... Bodecón... Yenaro e su acordeón..." ¿Así que don Pacual está de turno oyi?

CHILO—*(Con cansancio.)* No, papá... no.

ABUELO—Lo diche el diario.

CHILO—Pero este diario es del domingo pasado. Ya te lo expliqué. Aquí los diarios se leen atrasados. *(Para sí.)* ¡Qué tanos bestias! Además... vaya a saber qué se hizo de don Pascual. Por lo menos, la farmacia está.

ABUELO—¿Cuándo vamo a volver a Buenosaria, Chilo?

CHILO—Algún día, papá.

ABUELO—*(Vuelve a tocar.)* Quero volver a Buenosaria a cucar al tute con Don Pacual "Canzoneta gri de ausenchia... cruel malón de pena vieca, escondida en la sombra de mi alcohol... ¡Soñe Tarento... con chien regreso... Pero sico aquí en la Boca donde yoro mi concoca...". Nunca me podía canar al tute, don Pacual. *(Ríe.)* ¡E che nocaba! ¡Ma nunca me podía canar!

FRIDA— ¡Por fin!

Deja la valija en el suelo y va a sentarse junto a Chilo. Este la mira.

CHILO—La Frida... Qué linda estás. Los puntos se deben volver locos en Madrid. ¿no?

FRIDA—¿Los puntos?

CHILO—Los gallegos... los muchachos.

FRIDA—*(Ríe.)* Qué gracioso hablas tú. Me gusta escucharte.

CHILO— ¡Qué churro! ¿Así te dicen?

FRIDA—No... ¡Qué maja!

CHILO—¿Maja? Es joda. *(Ríe. Se pone serio.)* Oíme... no te querrán decir eso de la maja en pelotas, ¿no?

FRIDA— ¡No! *(Ambos ríen.)*

CHILO—Y en cuanto te dicen "qué maja", vos le decís, "soy argentina".

FRIDA—Argentina... porteña y del barrio de la Boca.

CHILO—Cómo te acordás.

FRIDA—Siempre me lo decías. Frida: tú eres argentina, porteña y del barrio de la Boca. ¡Tienes que gritárselo a todo el mundo!

ABUELO—¿Quí e?

FRIDA—Soy yo, abuelo.

CHILO—La Frida, papá.

ABUELO—Credeba que era don Pacual.

CHILO—¿Cómo don Pascual? ¿En Roma don Pascual?

ABUELO—E cherto. Don Pacual está de turno oyi. Non pode venir a cucar al tute con me.

CHILO—*(A Frida.)* Don Pascual era el farmacéutico de al lado de casa. En la calle Almirante Brown. Y venía todas las tardes a jugar a las cartas con papá.

ABUELO—Nunca me podía canar. ¡E che nocaba! *(Ríe.)*

CHILO—*(A Frida.)* ¿Vos no te acordás?

FRIDA—No... Casi nada.

CHILO—¡Uy... cómo te quería! Y vos tenías locura con él. *(Imita a Frida.)* "Don Pascual... Don Pascual...". Cada vez que lo veías te le tirabas a los brazos. ¡Tenía locura con vos! Y él fue el que te subió al barco en brazos. ¿No te acordás? *(Frida niega.)* Claro... vos debías tener cinco años...

FRIDA—Menos de cuatro.

CHILO—¡Cómo lloraba don Pascual! Siempre me lo acuerdo... en el muelle, llorando y agitando los brazos. Un tano macanudo.

ABUELO—Sempre íbamo a la piazza Venechia con don Pacual, e cucábamos al tute baco lo árbole. *(A Frida.)* En la piaza Venechia. Cherca de casa.

CHILO—Ese es el Parque Lezama, papá.

ABUELO—¡Eco! El Parque Lezama. E mirábamo el Coliseo.

CHILO—¿Qué Coliseo? La cancha de Boca.

ABUELO—Eco. Está tuta rota la cancha de Boca . *(Toca.)* "Pero sico aquí en la Boca, donde yoro mi concoca... ¡Soñe Tarento... con chien regreso!..."
Frida se ha puesto a hojear el "Clarín".

FRIDA—¿Sabes tío? Casi no me acuerdo nada de Buenos Aires. Pero tengo una imagen: una vez me llevaste a caminar por una calle llena de gente...

CHILO—Sería la calle Florida. Siempre te llevaba a la calle Florida.

FRIDA—Había mucha gente.

CHILO—¡Ja! La calle más linda del mundo.

FRIDA—Florida. Tendrá flores.

CHILO—¡Está llena de flores! Y árboles que se entrecruzan por arriba... puentecitos... góndolas... músicos y poetas que recitan. Y la gente canta y baila.

FRIDA—¡Qué hermoso!

En ese instante suena el teléfono. Aparece Dante y lo atiende.

DANTE—Trattoría la Aryentina, bonasera. ¿Quíe? *(Grita.)* Quiamada da Londra.

Ingresa Lucía agitada.

LUCIA—E Martinchito... Martinchito...

DANTE—*(Al teléfono.)* Sí, siñorina.

LUCIA—*(Le saca el tubo.)* ¡Martinchito!... Ah, sí, siñorina, aspeto.

Se queda esperando. Dante va hacia el Abuelo.

DANTE—Papá... Póncase el poncho que lo prechiso. *(Toma un poncho y ayuda al Abuelo a ponérselo.)* La mesa de la finestra. Sono tre cliente molto importante. Tene que tocar osté. *(El Abuelo asiente.)* Ma non toca cuesta porquería de sempre. Toque la cumparchita. ¿Se ricorda? *(El Abuelo lo mira. Dante canturrea La Cumparsita.)* "Ta-ra-ra-rá... Tarara-ra-ra-ra-rara..." *(El Abuelo saca unos acordes confusos, lejanamente parecidos a "La Cumparsita". Ambos van saliendo hacia el salón. Dante le repite la tonada de La Cumparsita.)* "Cosi-cosi... Cosi, cosi, si-si-si-si-si".

El Abuelo y Dante salen.

LUCIA—*(Al teléfono.)* ¡Martinchito! Figlio mío. ¿Come vai? *(Pausa.)* ¡Qué come vai! *(Escucha con un gesto de impotencia.)* ¡Ma non ti capisco, figlio mío! ¿Come? ¿Come? ¿Mader? ¿Quí è mader?

¡Ah... mader! Sí, sono io. ¡Mader! *(Dirá todo lo que sigue llorando y sin parar.)* Ho nostalgía di te. ¿Quando verrai a vedermi? ¿Fa molto freddo a Londra? *(Escucha.)* ¿Come? ¿Come? ¿Cosa è "andertan". *(A Frida.)* Diche que "no andertan". *Frida va hacia ella y le saca el tubo.*

FRIDA—¿Martín? Soy yo, Frida. ¡Frida! ¡Tu sister! ¿Cómo estás? ¡Que cómo estás! *(Pausa.)* ¡Que how are you, coño! Nosotros bien... ¡No-sotros! *(Hace un gesto de impaciencia.)* Noialtri... Noialtri good. ¡Good, sí, good!

LUCIA—Domángli quando verrá a vedermi.

FRIDA—*(A Martín.)* Un momento. ¡Que un moment! *(Mira a Lucía.)*

LUCIA—*(Nerviosa.)* ¡Che gli domandi quando verrá a vedermi!

FRIDA—No te entiendo, madre.

LUCIA— ¡Que gli domandi quando verrá a vedermi!

Frida, con la mirada, busca el auxilio de Chilo.

CHILO—No sé... dice que lo mandes a algún lado.

FRIDA—*(Al teléfono.)* Dice madre... Mader diche ... No, mader sei... Que te mande... ¡Que te mande a ver! Coño: cómo se dice mandar a ver en inglés. ¿A quién quieres que vaya a ver, madre?

LUCIA—*(Histérica.)* ¡Domándali si fa freddo a Londra!

FRIDA—Dice que vayas a ver a Fredy en Londres. *(Escucha.)* Fredy... Fredy. Okey... Okey. *(Cuelga. Lucía la mira expectante.)* Dice que está bien.

LUCIA—¿Que está bene, qué?

FRIDA—Me dijo okey. Okey quiere decir que está bien. Va a ir a verlo a Fredy.

En ese instante ingresan Dante y el Abuelo. El

Abuelo tocando.

ABUELO—"Sone, Tarento... con chien regre-
sooo... Pero sico aquí en la Boca...

DANTE—*(Lo zamarrea.)* Le dique que tocara "La
Cumparchita". A la yente no le piache cuesta cosa
italiana que osté toca. ¡La cumparchita le piache a
la yente! Cuesto e una trattoría aryentina. Va, va...
Practique la cumparchita. *(A Lucia.)* ¿Qué ha deto
Martinchito?

LUCIA—*(Llorosa.)* Que fá molto freddo a Londra.

DANTE—Eh... Sempre fa freddo a Londra. *(A
Chilo.)* Anota una tripa gorda para la sete e un pos-
tre viquilante a la nuove. *(A la cocina.)* Bruno mar-
che do empanada e tre locro a la camatarqueña...

CHILO—*(Corrige.)*   Catamarqueña.   Ca-ta-mar-
que-ña.

*Dante ha salido. Lucía se queda llorosa y Chilo
anota los pedidos. Frida toma la valija.*

FRIDA—Me voy a ir yendo, madre.

LUCIA—*(Asustada.)* ¿Te vai? ¿Te vai?

FRIDA—Y sí, madre. Ya es hora.

LUCIA—Frida... *(Se acerca a ella.)* ¿Por qué no
te quedá a Roma? ¿Por qué no te quedá?

FRIDA—Madre... Ya lo hablamos.

LUCIA—*(La abraza llorando.)* Quedate a Roma...
Quedate a Roma con me.

FRIDA—No puedo. Sabes que no puedo.

LUCIA—¿Ma por qué? *(Frida no contesta.)* E
ese uomo, ¿no? ¡E ese uomo!

FRIDA—Sí, es Manolo también. Pero no es sólo
él.

LUCIA—Osté está enamorada de él.

FRIDA—Sí. Y nos vamos a casar.

LUCIA—¿A casar? E un estranyero. ¡No ne como
noialtri! ¡E un estranyero e te va a abandonar!

¡Porque lo estranyero sono cosí! *(La mira con odio.)* ¡Vate! ¡Vate e no vuelva ma!

FRIDA—Madre...

LUCIA—¡Me a ascoltato! ¡No vuelva ma! *(Se aleja de ella llorando.)*

FRIDA—*(Mira un instante a Lucía y luego va hacia Chilo.)* Adios, tío.

CHILO—Chau, piba. Buen viaje. *(Se besan.)*

FRIDA—*(Besa al Abuelo.)* Adiós, abuelo.

ABUELO—¿Te va a pasear? Cuando pase por la farmachia dechile a don Pacual que lo estó esperando para cucar al tute.

FRIDA—*(Va a salir y se detiene. A Lucía.)* Te voy a escribir, madre.

Sale.

ABUELO—"Canzoneta gri de ausenchia cruel malón de pena vieca escondida en la sombra de mi alcohol... ¡Soñe Tarentooo... con chien regreso...". ¿Cuándo vamo a volver a Buenosaria, Chilo?

CHILO—Algún día.

Desde el salón ingresa Dante agitado.

DANTE—¡Ma qué pasa!... ¡Luchía!... Tre mesa sen atender. ¡Tre mesa!

LUCIA—*(Furiosa.)* Me ne frega la tre mesa... ¡Me ne frega la tre mesa e me ne frega lo cliente! *(Se saca el poncho y lo arroja al suelo. Sale llorando hacia los dormitorios.)*

DANTE—¡Ma porca miseria! ¡Justo un vernedí! *(A Chilo.)* Debe ayudarme al salón.

CHILO—¿El salón? Nooo... De mozo no.

DANTE—¡Ma io solo no doy abasto!

CHILO—¿Yo servir a un tano? ¿A que me insulte? Noo... Ya te lo dije. Te hago el adicionista. Pero de mozo, no. Te lo dije cuando se te ocurrió poner el restaurante. ¡De mozo, no! Ese fue el pacto.

DANTE—Stá bene. Osté no me ayuda. Ma no come ma. ¡Se lo curo! *(Hace el gesto de la vendeta.)* ¡Non come ma! ¡Va a ir a pedir lemosna! *(Sale violentamente hacia el salón.)*

CHILO— ¡Prefiero pedir limosna y no hacerle de alcahuete a un tano de mierda!

Chilo se pone a leer el diario. Pausa. El Abuelo toca "Canzoneta".

ABUELO—Agarrábamo por Almirante Brown con don Pacual e no íbamo a la Vuelta de Rocha. ¿Te acorda de la Vuelta de Rocha, Chilo?

CHILO—Sí, papá, sí...

ABUELO—E mirábamo el Tebere.

CHILO—El Tíber, no. Eso es acá. El... *(Se detiene.)* El... *(Se va asustando.)* ¿Cómo se llama? El... ¡Pero me cago!

ABUELO—El Tebere...

CHILO—*(Furioso.)* ¡No... eso es acá! El... el... *(Hace un gesto de impaciencia.)* ¡Pero!... Frente a la Vuelta de Rocha... del otro lado está Avellaneda... los barcos... Quinquela Martín... ¡Me cago! *(Contento.)* ¡El arroyuelo!

ABUELO—Eco... el Riachuelo... e dopo el Castello de Santangelo...

CHILO—El Riachuelo...

El Abuelo se pone a tocar "Canzoneta". Lentamente, Chilo se va colocando el poncho que Lucía arrojó al suelo y va hacia el salón del restaurante.

CHILO—*(Desde la puerta que da al salón, resignado.)* Comendatore... ¿Cosa vuole?

Chilo sale hacia el salón. El Abuelo queda solo.

ABUELO—Cucá osté, don Pacual. Spada e triunfo. Termenamo el partido e dopo no vamo a piazza Venechia, ¿Eh? Agarrámo por Almirante Brown... cruzamo Paseo Colón e no vamo a cucar

al tute baco lo árbole. Cuando era cóvene, sempre
iba al Parque Lezama. Con el mío babbo e la mía
mamma... Mi hermano Anyelito... Tuto íbamo al
Parque Lezama... E il Duche salía al balcón... la
piazza yena de quente. E el queneral hablaba e no
dicheva: "Descamisato... del trabaco a casa e de casa al trabaco". E eya era rubia e cóvena. E no dicheva: "Cuídenlo al queneral". E dopo el Duche pre-
guntaba: "¿Qué volete? ¿Pane o canune? E noso-
tro le gritábamo: "Leña, queneral, leña queneral".
(Toca acordes de "Canzoneta") Ma... dopo me tomé
el barco. E el barco se movía e el mío hermano Anyelito mi dicheva: "A la Aryentina vamo a fare plata... mucha plata... E dopo volvemo a Italia". *(Ríe.)*
Así dicheva mi hermano Anyelito, que Dío lo tenga en la Santa Gloria. Una tarde de sol se cayó del
andamio. *(Toca y canturrea.)* "Canzoneta gri de
ausenchia, cruel malón de pena vieca escondida en
la sombra de mi alcohol... Soñe Tarento, con chien
regreso..." ¿Cuándo vamo a volver a Italia, don
Pacual? ¿Cuándo vamo a volver a Italia?
Apagón.

Mi obelisco y yo

OSVALDO DRAGUN

Osvaldo Dragún nació en Entre Ríos en 1929. Se trasladó a Buenos Aires en 1945, donde junto al teatro independiente Fray Mocho estrena en 1956 *La peste viene de Melos*. Al año siguiente estrena sus famosas *Historias para ser contadas*, y la obra histórica *Tupac Amaru*, que le valen el éxito definitivo en Buenos Aires. Con Fray Mocho, inicia una serie de giras por las provincias y el exterior.

Ha recorrido América Latina donde su influencia y fundamentalmente la de sus *Historias*, ha sido profunda tanto en otros jóvenes dramaturgos como en diversos grupos de teatro que han adoptado las *formas de hacer* del Fray Mocho.

Entre sus obras posteriores se cuentan: *El jardín del infierno* (1961); *Y nos dijeron que éramos inmortales* (1962); *Milagro en el Mercado Viejo* (1963); *Amoretta* (1965); *Heroica de Buenos Aires* (1967), *El amasijo* (1968); *Hoy se comen al flaco* (1981); *Al violador* (1981); y otras.

Dragún es un autor que domina una diversidad de estilos y concepciones estéticas, estilísticas, e ideológicas, que van del realismo al teatro épico, al melodrama y al grotesco. Utilizados por separado o simultáneamente, sin ningún afán purista y con el fin de producir obras de gran vitalidad e interés dramático, Dragún hace verosímiles a través de estos elementos, sus intuiciones sobre la vida social de su tiempo.

Este hecho se debe quizás, a que la formación de Dragún como escritor dramático, se hizo *dentro* del teatro. Unido en una larga trayectoria de colabora-

ción al director y actor Oscar Ferrigno, produjo
obras hechas a la medida de las necesidades del
Fray Mocho, experiencia que le aportó una amplia
gama de recursos imaginativos. El mismo Dragún lo
ha dicho en algunas entrevistas: "En aquél tiempo
aprendí que el escenario vacío era el lugar más libre del mundo".

Mi obelisco y yo, cuenta un poco en el estilo de las
Historias el arribo a Buenos Aires de los jóvenes
provincianos cargados de sueños y expectativas
como los viejos y los nuevos inmigrantes, desde
Colón a los "tanos" (italianos), o "gallegos" (es-
pañoles), ciegos, delirantes, en busca de esta especie
de ciudad de los Césares, donde se muere en brazos
de un indio perro o de una mujer hermosa; donde
las manos de los otros nos parecen pájaros, y
alguien que no conocemos nos compromete a
cuidar el obelisco para siempre... Hasta el día en
que llega un mentiroso y cambia la historia.

OSVALDO DRAGUN

MI OBELISCO Y YO

MI OBELISCO Y YO

Director: **Enrique Laportilla**
Asistente: **Juan Ferrarotti**
Músico: **Rodolfo Mederos**
Vestuarista: **Carlota Beitia**
Coreógrafo: **Carlos Veiga**

El que nos cuida . . . .**Manuel Callau**
El . . . .**Salo Pasik**
Colón . . . .**Zelmar Gueñol**
Indio. . . . .**Paulino Andrada**
Pelado. . . . .**Ignacio Alonso**
Inmigrante. . . . .**Omar Fanucci**
Inmigrante. . . . . **Azul Quiros**
Pájaros. . . . .**Alicia Ceboli**
. . . .**Diana Machado**
. . . .**Noemí Traktemberg**
Hombre del paraguas. . . . . **Jesús Berenguer**
Mujer del paraguas. . . . .**Graciela Juárez**
Caballero español . . . .**Roberto Rego**
El joven. . . . .**Emilio Bardi**
La muerte . . . . **Patricia Lande**
La joven . . . .**Mónica Felippa**

El escenario vacío. Oscuridad total. Se escucha la voz del Actor 1 que grita:

ACTOR 1— ¡Luz!

Un foco ilumina un círculo de luz sobre el escenario. Entra en el círculo el Actor 1 trayendo en sus manos un pequeño Obelisco. Mira hacia donde está la cabina de luces.

¡Gracias!

Se vuelve al público y le enseña el Obelisco.

¡Un Obelisco! ¡Nada por aquí! ¡Nada por allá! ¡Nada más que un Obelisco!

Deja el Obelisco en medio del círculo de luz. Lo mira. No le gusta del todo el sitio. Lo cambia de lugar. Mira al público y al Obelisco. Vuelve a cambiarlo. Ahora parece conforme. Toma cierta distancia para examinarlo. Pausa. Entra El. Rápidamente. Mirando su reloj. Se detiene. Observa a su alrededor. Ve al Actor 1 y al Obelisco. Se acerca.

EL—Perdón señor...

ACTOR 1—*(Le hace una reverencia.)* ¡Lo perdono, señor!

EL—Eso... ¿es el Obelisco?

ACTOR 1—¿Me está cargando, señor, o quiere que le conteste con un chiste cordobés?

EL—No, señor... Es que... acabo de llegar de... Paraná...

ACTOR 1—¿Para qué?

EL—¡No, Paraná... Entre Ríos! Yo nací en Paraná... y... y tengo una cita al pie del Obelisco...

ACTOR 1—Y nunca lo vio antes.

EL—No...

ACTOR 1—Ahora está claro. Acaba de llegar al lugar de su cita. Eso... Es el Obelisco.

EL—*(Aspira emocionado. Mira hacia arriba.)* ¡Qué maravilla!

ACTOR 1—*(También mira hacia arriba.)* Así es.

EL—¿No lo chocan los aviones?

ACTOR 1—No lo choca nada. ¡Ahí está! ¡Indestructible!

EL—*(Mirando hacia arriba.)* ¡Qué maravilla!

ACTOR 1—Le gusta...

EL—¡Y... qué le parece! ¡Es el Obelisco!

ACTOR 1—¿Me lo cuida? Total, su cita es aquí. Tengo algo que hacer, pero volveré pronto.

EL—¡Sí, claro, no se preocupe! ¡Vaya tranquilo! ¡Y gracias por todo, señor!

ACTOR 1—*(Le hace una reverencia.)* ¡Usted se las merece, señor!

El Actor 1 sale. El queda solo. Mira la hora. Pausa. De pronto escucha murmullos que parecen llegar justo del límite entre la luz y la sombra. Se sorprende y se atemoriza porque no sabe de qué se trata. Entra Colón. El está mirando hacia otra parte. No lo ve. Colón casi se lo lleva por delante.

COLON—*(Habla como "gallego".)* ¿Se ve algo? *(El se sobresalta, sorprendido.)* ¿Se ve algo?

EL—*(Mira en torno. Dubitativo.)* No... Creo... *(En el círculo de luz aparecen manos que revolotean.)* ¿Qué es eso?

COLON—¿Qué? ¡Dígame qué!

EL—No sé... Algo que se mueve en el aire...

COLON—¡Pues pájaros! ¿Qué van a ser si no pájaros?

EL—¿Pájaros?... *(Mira.)* No me había dado cuenta... Son distintos a los de mi ciudad...

COLON—¡Aquí todo DEBE ser distinto! ¡Es mi última esperanza!

EL—¿Su última esperanza?

COLON—¡Mi última esperanza! ¿Y usted?

EL—¿Yo, qué, señor?

COLON—Usted... ¿qué espera?

EL—*(Sonríe cohibido.)* Y... no sé... yo... ¡Acabo de llegar!

COLON—¡Buen comienzo! ¡Olvidarlo todo! ¡La memoria es inútil!

EL—¿La memoria es inútil?

COLON—¡La memoria es unútil! ¿Y las escaleras?

EL—¿Qué?

COLON—¿Le gustan?

EL—¿Qué?

COLON—¡Las escaleras! ¿Le gustan las escaleras?

EL—No sé... depende...

COLON—¡No depende! ¡Olvídelas!

EL—¿Qué?

COLON—¡Las escaleras! ¡Olvídelas! ¡Hay un solo escalón! La memoria es inútil. El futuro está por verse. ¡No hay escaleras! ¿Se ve algo?

EL—No sé...

COLON—¡DEBE verse! Primero los pájaros... ¡DEBE verse algo!

Se escucha el murmullo que rodea el círculo de luz.

EL—Yo...

COLON—¿Qué?

EL—¡Oigo! ¡Oigo algo!

COLON—¡El OYE algo!... ¡Eso es! ¡SONIDOS! Allá... no hay más que... ¡SONIDOS!

Lo toma con fuerza del brazo.

EL—*(Sobresaltado.)* ¿Qué?

COLON—¿Se dio cuenta de que vengo huyendo, no?

EL—Yo... no... Es que, perdóneme... no presté atención... Acabo de llegar, y... ¿Viene huyendo, señor?

COLON—¡Vengo huyendo, señor! ¡Y si alguna vez le dicen que me enviaron, no les crea! ¡Huyo, señor! ¡Huyo! ¡De la memoria y de las palabras! ¡Huir! ¡Huir! Y tal vez... es posible... a lo mejor... quién sabe... sólo buscaba esto: el... ¡SONIDO!
Las manos se retiran.

EL—¡Los pájaros!

COLON—¿Qué pasa con los pájaros?

EL—¿No lo ve?

COLON—¡No! ¿Qué pasa con los pájaros?

EL—¡Se fueron!...

COLON—¡Se fueron!... Entonces... ¡hemos llegado! Ayúdeme a cruzar la avenida.

EL—¿Ayudarlo? ¿Por qué?

COLON—*(Exasperado.)* ¡Soy ciego, señor! ¿No se dio cuenta de que soy ciego?

EL—No... perdóneme... no presté atención...

COLON—¡Soy ciego, señor! Ayúdeme.

EL—Es que... *(Vacila. Mira al Obelisco.)* no puedo... estoy cuidando el... *(Se corta al recordar que el otro es ciego.)*... ¡algo! Me comprometí. *(Pausa. Culpable.)* No puedo... *(Colón comienza a emitir un sonido bajo, que es casi un gemido.)* No puedo... Me comprometí...

Colón aumenta la intensidad del sonido. Gira sobre sí mismo, como buscando a tientas por dónde salir. Va hacia el Obelisco. El le grita:

¡Por ahí no, señor!

El Obelisco crece. Colón tropieza con él y cae sentado. El lo ayuda a levantarse.

¿Se lastimó? *(Colón sigue emitiendo sonidos.)* ¡Señor!... ¿Se lastimó?

Lo ayuda a incorporarse. Colón sale emitiendo sonidos. El le grita:

Yo lo ayudaría, pero... ¡me comprometí, sabe!
Pausa. Silencio. El mira su reloj. Entra Actor 1.
ACTOR 1— ¡Pensé que se habría ido!
EL—No, si me comprometí...
ACTOR 1— ¡Se lo agradezco mucho, señor! *(Le hace una reverencia.)* ¡Enseguida vuelvo! *(Va a salir.)*
EL—Oiga, señor...
ACTOR 1—*(Se vuelve.)* ¿Sí, señor?
EL—¿Se va, señor?
ACTOR 1—Claro, señor.
EL—¿Va a tardar mucho, señor?
ACTOR 1—*(Lo piensa.)* No, señor. No lo creo.
EL—*(Sonríe simpático.)* ¡No se olvide de mí, eh!
ACTOR 1— ¡Quédese tranquilo, señor! ¡Tengo muy buena memoria! Mañana es el cumpleaños de papá. El mes que viene mi aniversario de casado. A fin de año el santo de la nena. ¿Ve que tengo buena memoria?
Entran en el círculo Colón y el Indio. El Indio va delante, ligado a Colón por una cadena, como si fuese un perro guiando a un ciego. El Indio lleva algunas prendas de Colón, y Colón algunas del Indio. Salen.
¿Por qué siempre la gente saca a pasear sus perros a esta hora?
EL—No sé... Nunca lo pensé...
ACTOR 1— ¡Vaya a saber! *(Recuerda algo con entusiasmo.)* ¡Oiga, señor! ¡Casi me olvido! ¡Yo tengo un amigo que vive en Paraná!
EL—*(Feliz.)* ¿Ah, sí? ¿Cómo se llama? *(El Actor 1 no le responde. Sale. Pausa. El sonríe mientras mira su reloj.)* ¡Es simpático! Yo tenía mucho miedo cuando veníamos en el tren... con mamá y mis hermanos... ¡eh, Buenos Aires!... y no, acabo de

llegar... y ya estoy cuidando... ¡EL OBELISCO!
¡EL O-BE-LIS-CO! *(Ríe.)* ¡No me lo vas a creer,
Pelado, cuando te lo escriba!
Entra el Pelado trayendo unas maderas.

PELADO—¡Ya está el barquito, Josesito! ¡El
tano pescador me hizo los planos! ¡Mirá! ¡Podemos irnos. Josesito!
Arma el barquito con las maderas.

EL—*(Lee su carta.)* "Pelado: ésta debe ser la primera carta que escribo en mi vida. ¿Sabés qué bueno es escribir cartas? Podés ver todo como desde
lejos... pensarlo desde afuera... No parece que hi-
cieran dos días en que me fui de Paraná, sino 25
años... ¡Todo se borra, Pelado! ¡Todo!... ¡Hay
que escribir cartas, Pelado!".

PELADO—*(Armando el barquito.)* Aquel ale-
mán que conocí en el puerto, Josesito, venía de ca-
zar cocodrilos. ¡Dice que en Corrientes hay cocodrilos, Josesito! ¿Te das cuenta? Y a lo mejor...
también hay... ¡OTRAS COSAS! ¿Te imaginás,
nosotros, vos y yo, Josesito, cazando cocodrilos...
y entre otras cosas?

EL—*(Siempre en su carta, tono casi mecanizado.)*
"Vos siempre fuiste medio loco, como aquella vez
del barquito ¿te acordás?, pero esto que te voy a
contar no me lo vas a creer, ni vos, Pelado... ¡porque es lo más loco de lo loco!: llegué ayer... ¡y ya
estoy cuidando el Obelisco".

PELADO—*(Ha terminado de armar el barquito.)*
¡Listo, Josesito! Podemos irnos. Vos tenés dos hermanos: da lo mismo cualquiera. Yo no tengo ninguno: ¡igual ni se va a notar! ¡Mirá... mirá el río,
Josesito!

EL—*(En su carta y su tono mecánico.)* "¡Estoy
cuidando el Obelisco, Pelado!".

PELADO—¡Mirá qué río, todo para nosotros, para vos y para mí... y para las OTRAS COSAS, Josesito!

EL—*(Grita a la defensiva.)* ¡Estoy cuidando el Obelisco! *(Se corta, como asustado de su propio grito. Se disculpa.)* Me comprometí...

PELADO—*(Lo mira. Casi como un gemido.)* ¡Josesito!... *(Abandonado, abre los brazos hacia Él.)* ¿Qué?... ¿Qué?... *(No puede hablar.)*

Entra el Indio-perro. El Pelado lo ve. El Indio mira al Pelado, que se asusta.

¡Vámonos, Josesito, que me muerde! ¡Yo sé que me muerde!

EL—*(Sigue en su carta.)* "¡Y sí, aunque te parezca mentira, estoy cuidando el Obelisco!".

El Indio-perro comienza a girar alrededor del Pelado, que trata de escaparle.

PELADO—¡Me muerde, Josesito! ¡Vámonos!

EL—*(Siempre en su carta y su tono mecánico.)* "Al principio no podía creerlo, pero después, sabés, comprendí que es el primer compromiso grande que tengo en mi vida. Y como te decía al principio, las cartas sirven para eso: para verlo todo desde afuera, para pensarlo bien, Pelado".

El Indio-perro atrapa al Pelado.

PELADO—*(Grita.)* ¡Me muerde, Josesito! *(El Indio-perro lo muerde, pero muy suavemente. Es casi como un beso ligero. El Pelado lo mira, sorprendido por el descubrimiento.)* ¿Era con vos el viaje? *(Lo acaricia. Sonríe.)* ¡Nunca me imaginé que ahora la muerte viniera disfrazada de Rin-Tin-Tin!

El Pelado muere en brazos del Indio-perro. Este lo levanta en sus brazos. Lo pone dentro del barquito.

*Ata al barco la cadena que lleva al cuello, y se aleja,
arrastrándolo, como un perro guía. Salen.*

EL—*(Queda solo. Para sí.)* ¿Pero, a quién se le
ocurre escribirle a un muerto?

Entra rápidamente el Actor 1.

ACTOR 1— ¡Menos mal! ¡Me dijeron que andaba
por aquí un perro rabioso!

EL— ¡Era eso!... ¡No me di cuenta! Pasó... ¡pero
ni me miró!

ACTOR 1—Es que nunca ningún perro rabioso
mordió a nadie que estuviese cuidando el Obelisco.
(Lo mira.) ¿Estaba escribiendo?

EL—*(Sonríe avergonzado.)* Sí... ¡a un amigo que
murió hace años!

ACTOR 1—Déme, se la echo al buzón. *(Le saca
la carta.)*

EL— ¡Está muerto!

ACTOR 1—*(Lo mira.)* Nunca se sabe, señor. *(Va
a salir. Se detiene. Se vuelve a El y le hace una reverencia. Sale.)*

*El Obelisco crece. El no lo estaba mirando. Al vol-
verse, ve que ha crecido bastante. Se intranquiliza.
Mira su reloj.*

EL—¿Cuándo va a llegar? ¡Va a empezar la película! *(Mira hacia la gente que cruza la avenida.)*
¡Qué cantidad de gente! Pensar que Paraná entero
tiene 70 mil habitantes, y aquí, en una sola esquina... *(Pausa.)* ¿Podré gritar alguna vez: aquí estoy
yo? ¿Podré?... *(Pausa corta. Mira a su alrededor. Se
anima y comienza a gritar.)* ¡Aquí!...

*Lo interrumpe la entrada del Actor 2 y la Actriz 1.
Visten como inmigrantes. El Actor 2 trae un largo
palo en sus manos. Hablan como "tanos". El grito
de El se encima con las primeras palabras del Actor 2.*

ACTOR 2—¿Aquí? ¿E aquí, signore?

EL—*(Sorprendido por la interrupción.)* ¿Aquí? ¿Qué?

ACTOR 2—¡El lugare! ¿E aquí?

ACTRIZ 1—Vámono...

ACTOR 2—Osté se calla. ¡Chi-to! *(A El.)* ¿E aquí?

EL—*(Confundido.)* Y... ¡el Obelisco es aquí!

ACTOR 2—*(A la Actriz 1.)* ¿Vio? ¡E aquí! ¡Hemo arrivato! ¡Ayúdeme!

ACTRIZ 1—Ma no... Vámono... No yame la atencione...

Pero lo ayuda a erguir el largo palo sobre el escenario.

ACTOR 2—No la yamo. Igual, no va a venire. ¡Nadie va venire! ¡E por mí!

Comienza a trepar por el palo. A El:
Osté... ¿é uno, o dúe? ¿Hombre... o muquer?

EL—*(A la Actriz 1.)* ¿Son del circo?

ACTRIZ 1—*(A El.)* ¡Por favor, contéstele, signore!... Cree que está ciego il povere... Necesita saber que ve...

ACTOR 2—*(Desde el palo, a El, en tono muy alto.)* ¿E uno, o dúe?

EL—*(Responde también en tono alto.)* ¡Uno!

ACTOR 2—*(Igual.)* ¿Hombre, o muquer?

EL—*(Igual.)* ¡Hombre!

ACTOR 2—¡El gusto es mío! *(A la Actriz 1.)* ¿Vio que veo? *(Sube más.)*

ACTRIZ 1—Yo le dije que ve... ¡Se va'caer!

ACTOR 2—¡Veía parede... e sótano... e negro! ¡Ahora veo! ¡Un hombre veo! *(A El.)* ¡El gusto es mío!

EL—*(A la Actriz 1.)* ¿Le pasó algo en la vista?

ACTRIZ 1—La usa poco. Siempre sótano, sabe...

(Al Actor 2.) ¡Se va'caer!

EL—*(A la Actriz 1.)* A dónde va?

ACTRIZ 1—Arriba. A poner una bandera...

EL—¿Para qué?

ACTRIZ 1—Eh... Quiere tener una bandera.

ACTOR 2—*(Grita a la Actriz 1.)* ¡Déme la bandera!

ACTRIZ 1—*(Sorprendida.)* Yo no tengo la bandera...

ACTOR 2— ¡Osté la tenía! ¡Yo no la tengo!

ACTRIZ 1—Yo tampoco la tengo...

ACTOR 2— ¡Osté la tenía!

ACTRIZ 1— ¡Pero no la tengo!... *(Recuerda.)* ¡Madonna doloratta! Se quedó sobre la mesa... en la oscuridá no la vimo... La usamo de mantel, ¿recuerda?... y se quedó sobre la mesa... ¡Báquese ahora! Se va'caer... ¡y ya no vale la pena!

ACTOR 2—¿Por qué? ¿Porque osté olvidó la bandera al sótano? ¿Y yo? ¿O yo no existo?

ACTRIZ 1—Osté é osté... non é una bandera... ¡Báquese!

ACTOR 2—Yo sirvo para todo. Sirvo para mesa. Sirvo para zanagoria. Sirvo para estar chito. No soy una persona. Soy un camaleone. ¡Eso soy! ¿E por qué no voy a servir para sere mi propia bandera? *(Sube más. El palo vacila.)*

ACTRIZ 1—*(Asustada.)* ¡Se va'caer! ¡Báquese! ¡Yo no puedo sostenerlo más! ¡Báquese, por favor! *(A El, angustiada.)* ¡Ayúdeme, signore!...

EL—*(Vacila. Mira al Obelisco.)* Bueno, es que... *(Pausa. Se decide. Avanza hacia ellos como con intención de ayudarlos justo en el momento en que entra el Actor 1 y ve su movimiento.)*

ACTOR 1—*(A El.)* ¡EH... NO! *(El se vuelve asustado.)* ¡Usted se comprometió a cuidarme el

Obelisco! ¡Si quiere bailar en dos partes al mismo tiempo, se va a despatarrar!

EL—Es que... se va a caer, me parece... *(Bajo.)* Cree que ESO... es el Obelisco...

ACTOR 1—*(Natural.)* Ah, sí. Le pasa a todos. *(Se aproxima al palo. Grita al Actor 2.)* ¡Oiga! ¿Qué hace ahí?

ACTRIZ 1—No se enoque con él, signore... No quiso yamar l'atencione... No quiso yamar a nadie...

ACTOR 1—¿Tengo cara de enojado? *(Le acaricia el rostro suavemente. Grita al Actor 2.)* ¿Qué busca? ¿Trabajo?

ACTOR 2—¿Trabajo?... No... ¡Busco el noveno piso!

ACTOR 1—*(Mismo tono.)* ¿Para qué quiere el noveno piso?

ACTOR 2—*(Mismo tono alto.)* ¡Me diqueron que ahí... custito ahí... está el paraíso!

ACTOR 1—*(Natural.)* ¡Ah, sí. Eso sí! ¡Bueno, ya llegó! Ahora, siga mis consejos: abra la boca. *(Actor 2 abre la boca.)* ¡Muy bien! Aspire hondo. *(Actor 2 aspira.)* ¡Muy bien! ¡Cierre la boca! *(Actor 2 cierra la boca.)* Eche el aire por la nariz. *(Actor 2 lo hace.)* ¡Muy bien! De nuevo. Boca. Aire. Nariz. Aire. Boca. Aire. Nariz. Aire. Suficiente. Ya puede bajar.

Actor 2 desciende del palo.

Vaya a su casa, y repita los ejercicios. Relaja. Es yoga.

Actor 2 asiente con la cabeza baja. Toma el palo.

Oiga, señor... *(Actor 2 lo mira.)* A ella... ¿nada?

Actor 2 lo mira. Pausa corta. Se vuelve a la Actriz 1. Se miran frente a frente. Pausa corta. El Actor 2 le echa aire. Ella lo aspira. Repiten lo mismo tres ve-

ces más. Pausa.

ACTOR 2—*(A la Actriz 1.)* Ayúdeme a cruzar l'avenida... No veo...

Colocan el palo como si fuese una cadena que los uniese, apoyándolo sobre sus hombros. Van saliendo. Ella, delante, como un perro-guía. El Actor 2 la sigue, con vacilantes pasos de ciego. Salen.

EL—*(Pausa. Aspira hondo. Echa el aire por la nariz.)* En serio relaja...

ACTOR 1—¿Le hace falta?

EL—Uno tiene sus problemas... *(Aparecen los "pájaros".)* ¡Nunca me imaginé que había tantos pájaros en el Obelisco!

ACTOR 1—*(Mira sorprendido.)* ¿Qué pájaros?

EL—*(Señala las manos que revolotean.)* Esos...

ACTOR 1—No son pájaros. ¡Son manos! *(Habla a las manos.)* ¡Les presento a mi amigo, el que me ayuda a cuidar el Obelisco! *(Las manos lo aplauden a El.)* Son manos, ¿ve?

EL—*(Sorprendido.)* ¿Y por qué me dijeron que eran?... *(Se ofende ante una presunta estafa.)* ¡Yo no iba a comprar ningún pájaro!

ACTOR 1—*(Ofendido y digno.)* ¡No somos chilenos, señor! ¡Aquí no todos son ladrones, señor! ¡Hay mentiras gratuitas, señor!

EL—Perdóneme... Yo...

Pausa. Mira su mano. Le cuesta creer. Lentamente, la hace revolotear en el aire.

ACTOR 1—Sí. Así, parecen, pero... *(Golpea su mano contra la de El, haciéndolas aplaudir.)* ¿Qué son?

EL—*(Pausa.)* Manos.

El Obelisco crece. Ya es más alto que El. El se vuelve rápidamente hacia el Obelisco. Lo mira crecido. Mira su reloj en un movimiento cortado y rápido.

Va a empezar la película...

ACTOR 1—Sí.

EL—¿Por qué no llega? Se nos va a hacer tarde...

ACTOR 1—No, eso no. Esta es una ciudad grande. Aquí se da la misma película durante mucho tiempo.

EL—¿En serio?

ACTOR 1—Claro.

EL—¿Las de Libertad Lamarque?

ACTOR 1—Las de Libertad Lamarque. Las de Gardel. Las de Sandrini. Siempre la misma película.

EL—Bueno, sí... tal vez... pero quedamos en ir hoy, sabe... Además me iba a enseñar la ciudad...

ACTOR 1—*(Le señala el Obelisco.)* ¡Esta es la ciudad! Eso somos. ¿A dónde pensabas ir?

EL—No sé... *(Mira a lo lejos.)* Allá, creo...

ACTOR 1—¿De veras, señor? Aquí, está la luz. Allá, la oscuridad. ¿No le hace pensar en nada?

EL—¿En qué?

ACTOR 1—No sé... Por ejemplo: si nosotros estamos en la luz, ¿no querrá decir que estamos donde corresponde? ¡Digo yo! ¡Es mi opinión, claro! ¡No quiero obligarlo a pensar como yo! *(Se arrodilla.)* Recemos por ellos, señor.

EL—¿Por quiénes, senor?

ACTOR 1—Por los que están ALLA, señor.

EL—¿Por qué, señor?

ACTOR 1—Están en la oscuridad. ¿Le parece poco, señor?

EL—Oh... *(Se arrodilla.)* Estoy pensando...

ACTOR 1—¿En qué, señor?

EL—En... papá y mamá.

ACTOR 1—*(Pausa corta.)* ¡Pobres!

Entran Actor y Actriz con paraguas de colores. Se arrodillan junto a ellos. Han entrado corriendo.

Como si escaparan de una posible lluvia. Pero antes de que entrasen, se ha escuchado el ulular de una sirena. Los del paraguas usan alguna prenda con reminiscencia de principios del siglo XIX. Están asustados. La sirena se detiene. Los actores del paraguas cierran ambos paraguas y los extienden hacia adelante, como si estuviesen pescando. El Actor usa una larga barba. Entra Actor 4. Usa el largo bastón de la autoridad, y algo de su vestimenta pertenece al ejército español de 1800. El Actor 4 busca a alguien. Mira en torno. Va hacia el Actor 1.

ACTOR 4—*(Con tonada "gallega" falsa.)* ¡Oye, tú! ¿Pasó alguien por aquí?

ACTOR 1—*(Señala a los de los paraguas.)* Esos.

ACTOR 4—*(Ve a El.)* Y ése, ¿quién es? ¡Parece joven!...

ACTOR 1—Era joven. Pero me está ayudando a cuidar el Obelisco.

ACTOR 4—¡Vaya, hombre! ¡Me alegro por ti! ¡Ya era hora! *(Va hacia los dos de los paraguas. Los examina atentamente. Luego grita hacia afuera.)* ¡Oye, que no están aquí! ¡Sólo hay dos viejitos pescando! ¡Aquéllos deben haberse ido al Cabildo!

El Actor 4 sale. Pausa corta. Se escucha el ulular de la sirena que se aleja hasta desaparecer. Los dos de los paraguas vuelven a abrirlos.

ACTOR 1—Perdonen que me meta. Yo sólo soy el que cuida el Obelisco. Pero no debieron venir aquí.

ACTOR DEL PARAGUAS—Escapábamos de la lluvia.

ACTOR 1—Vamos, señor. No me venga con cuentos. No está lloviendo.

ACTOR DEL PARAGUAS—Estaba lloviendo,

señor.

ACTOR 1—Nunca llovió, señor.

ACTOR DEL PARAGUAS— ¡Todos dijeron que llovía, señor! *(Se pone de pie.)*

ACTOR 1— ¡No se pare, no se pare! Si ése vuelve, lo único que puede salvarlo es que los encuentre rezando.

ACTRIZ DEL PARAGUAS—*(Al Actor del paraguas.)* Arrodillate. Pensá en el bebé. *(El Actor del paraguas se arrodilla. Ella le habla al Actor 1.)* Estoy embarazada, señor. *(Señala al marido.)* Y "ése", me ha traído arrastrando por todas partes. Necesito un lugar para calentar la mamadera. ¿No tendrá un braserito, por casualidad?

ACTOR 1—No.

EL— ¡Yo tengo, señora!
Saca un encendedor. Lo enciende.

ACTRIZ DEL PARAGUAS—*(A El.)* ¡Angelito mío! *(Saca una mamadera y la pone a calentar sobre el encendedor.)*

ACTOR 1—*(A El.)* ¡No se meta, señor! ¡Usted dedíquese a cuidar el Obelisco!

EL— ¡Es una madre! *(A la Actriz del paraguas.)* ¿Quiere que le tenga el paraguas?

ACTRIZ DEL PARAGUAS—¿Sigue lloviendo?

ACTOR 1—Nunca llovió. *(A El.)* Hágame caso, señor. No se meta. Lo van a complicar.

EL—¿En qué?

ACTOR 1—En todo. Lo único que puede salvarlo es que se concentre en cuidar el Obelisco. A ésos, los conozco bien.

EL— ¡Es... una Madre! *(Toma el paraguas de ella)*

ACTOR 1—Usted no sabe nada, señor. Acaba de llegar.

ACTRIZ DEL PARAGUAS—*(A El.)* ¡Gracias,

mi nene! *(Al Actor del paraguas.)* Dame mi bebé.
*El Actor del paraguas le da un "bebé" que saca de
su bolsillo.*

EL—*(Apaga el encendedor. Conmovido.)* ¡Es
una Madre!

ACTOR 1— ¡No me diga a mí lo que realmente
son! Hace años que cuido el Obelisco, señor. ¡He
visto pasar mucha gente!

*La Actriz del paraguas da la mamadera al "bebé".
El Actor del paraguas observa al "bebé" y pone cara de repulsión.*

ACTOR DEL PARAGUAS— ¡Es horrible!

EL—*(Indignado.)* ¡Es su hijo!

ACTOR DEL PARAGUAS—*(Lo mira a El.)* Ah...
lo reconociste, por fin...

EL— ¡No!... ¡No sé quién es... pero es su hijo!

ACTRIZ DEL PARAGUAS—*(A El.)* Dejá que diga lo que quiera. Le tiene miedo.

ACTOR DEL PARAGUAS— ¡Porque es horrible!

ACTRIZ DEL PARAGUAS—*(Burlona.)* ¡Sí, sí!

ACTOR DEL PARAGUAS—Y cuando crezca,
¡va a ser más horrible!

ACTRIZ DEL PARAGUAS—*(Siempre burlona.)*
¡Sí, sí!

ACTOR DEL PARAGUAS—*(Enardecido.)* ¡Y...
y... y ojalá se muera!

*Se calla aterrado ante lo que dijo. El y ella se miran.
Se escucha nuevamente la sirena. El se encoje asustado. Ella reacciona con firmeza y rapidez. Cierra
los paraguas. Hace que El lo extienda como caña de
pescar. Luego cierra el suyo. Del extremo saca una
cuerda con un anzuelo. Pone en el anzuelo el "bebé" y lo deja colgando de la cuerda, como carnada.
O pesca.
Entra rápidamente el Actor 4. Busca al Actor 1:*

ACTOR 4—¿Ha llegado alguien?
El Actor 1 le señala al "bebé". Actor 4 se acerca.
Huele al "bebé" Lo suelta. Grita hacia afuera:
¡Aquí no hay nadie! ¡Deben haberse ido al alto
Perú! ¡Oye, que los viejitos pescaron una trucha!
(Pasa junto a El. Lo mira. Le clava el bastón en el
estómago. El se encoje por el dolor.) ¡A mí tam-
bien me dieron con el cinturón cuando era un
bebé!
El Actor 4 sale. Suena la sirena. Se aleja. Desapare-
ce.
ACTRIZ DEL PARAGUAS—*(Toma al "bebé"*
en sus brazos. Lo acuna.) Y ahora, ¿qué vas a decir? Estamos vivos gracias a él. Sin él, nuestra vida
no tendría sentido.
ACTOR DEL PARAGUAS—Eso... ¡lo hace más
horrible todavía!
EL—*(Jadeando por el dolor. Casi llorando.)* ¡Es...
su hijo!
ACTRIZ DEL PARAGUAS—*(Acaricia a El.)* No
hagás caso. No es un padre como se debe.
ACTOR DEL PARAGUAS—¡Eso es lo que querés! ¡Que me mate!
ACTRIZ DEL PARAGUAS—*(Simulando sorpre-*
sa.) ¿Yo? Pero, ¡cómo se te ocurre!
ACTOR DEL PARAGUAS—¿Por qué no le con-
tás todo lo que hice por él? ¡Todo lo que tuve que
correr! ¡Que arrastrarme! ¿Que soportar! ¡No, vos
no! ¡Vos querés que me mate!...
ACTRIZ DEL PARAGUAS—Pero no, mi amor.
Tiene que crecer. Tiene que estudiar. Tiene que hacerse hombre. ¿Qué haríamos sin vos?
ACTOR DEL PARAGUAS—¡Es... horrible! ¡Yo
sé que algún día me va a matar!

ACTRIZ DEL PARAGUAS—¡Algún día, algún día! Eso es... ¡algún día!*(Mira el cielo.)*Mirá HOY... dejó de llover. *(Cierran los paraguas. Se ponen de pie.)* Vamos, antes de que vuelva "ése". Necesito una maternidad. ¡No voy a tener mi hijo en la calle! *(Mira al marido. Le quita la barba postiza.)* Ya no te hace falta. *(A El.)* ¿Cuándo es tu cumpleaños, nene?

EL—*(Aún jadeando dolorido.)* No sé...

ACTRIZ DEL PARAGUAS—Mañana.

EL—*(La mira.)* ¿Mañana?...

ACTRIZ DEL PARAGUAS—Mañana. *(Le da la barba.)* Mi regalo de cumpleaños. *(El vacila. Finalmente, toma la barba. Actor y Actriz del paraguas van a salir. Ella se vuelve a El.)* Nene... *(El la mira.)* No vuelvas tarde. Es tu primer día aquí. No conocés a nadie.

EL—*(Pausa. Bajo.)* Sí... mamá...

Actor y Actriz del paraguas salen.

ACTOR 1—*(A El.)* ¿Le duele? *(El asiente, que-jándose.)* Culpa suya, señor. Yo se lo advertí. No hay que meterse con los que vienen de ALLA. Llegan. Nos complican. Y se van.

EL—*(Jadeando.)* Era... una Madre...

ACTOR 1—Madres. Padres. Hijos. Pájaros. Nunca se sabe, señor. Lo único seguro es el Obelisco.

EL—Pero... yo... yo acabo de llegar...

ACTOR 1—Eso fue hace mucho, señor. Todos llegamos. Y ahora estamos aquí. Es el único sitio iluminado. Cuidando el Obelisco. *(Le señala la barba.)* Póngasela. Es su cumpleaños.

EL—Mañana es mi cumpleaños...

ACTOR 1—Mañana es hoy. Ayer. Anteayer. Mañana. Pasado mañana. Todo es hoy. Póngasela.

El vacila. Finalmente, se pone la barba. El Obelisco

crece. Se ponen de pie. El queda semiencorvado, como un anciano.

EL—*(Sorprendido.)* No puedo enderezarme...

ACTOR 1—¿Le hace falta? Si le hace falta, lo ayudo.

EL—*(Lo piensa. Pausa. Sonríe divertido.)* No... realmente no. Así está más fresco.

ACTOR 1—Sí. Es un clima ideal.

Suena sirena. Llega. Se detiene. Entra Actor 4 empujando con su bastón al Joven.

ACTOR 4—¡Lo hallamos vagando por ahí! ¡No sabe a dónde va!

EL—*(Va hacia el Joven. Lo mira.)* ¿No sabés a dónde vas?

JOVEN—No... Más o menos... Acabo de llegar de... de Paraná y...

EL—¿Para qué?

JOVEN—Paraná. Entre Ríos. Yo nací en Paraná. Y tengo una cita al pie del Obelisco...

EL—Ah. Y nunca lo viste antes.

JOVEN—No, señor. Acabo de llegar de...

EL—No hablés tanto, que no hace falta. Llegaste. ESTO... es el Obelisco. ¡Y ésto somos!

JOVEN—*(Mira el Obelisco asombrado.)* ¡Qué maravilla! Un amigo mío me contó que lo había visto una vez... desde un avión... y que desde el aire el Obelisco le parecía...

EL—*(Lo corta.)* ¡Pará! ¡Pará! ¡No hablés tanto, querés! ¡Me aturdís! ¡Ya no tengo paciencia para eso!

JOVEN—Perdóneme... pero... lo que yo quería decir es que a ese amigo mío el Obelisco le había parecido un enorme...

ACTOR 4—*(Le tapa la boca.)* ¿Me lo llevo, señor?

EL—*(Pausa.)* No. Déjelo. A lo mejor, sirve para

algo.

ACTOR 4—Como usted diga, señor. Usted ordena. Yo obedezco. *(Le hace una especie de saludo.
Sale. Suena la sirena y se aleja hasta desaparecer.)*

EL—Bueno... qué bien... ¡Ya somos tres!
Entra la Muerte. Una bella mujer.

ACTOR 1—Por poco tiempo. Vienen a buscarlo.
El se vuelve. Ve a La Muerte, que le sonríe.

EL—¿A mí?

ACTOR 1—Su cita, ¿recuerda?

EL—*(Asiente con la cabeza. Intenta oponerse.)*
Pero yo me...
Aparecen las manos, de todos colores. Revolotean.

JOVEN—¡Uy! ¡Pájaros! ¡Pájaros de colores!

EL—*(Mira las manos.)* ¡No son pájaros! ¡Son
manos! *(Al Actor 1.)* Yo... yo me comprometí a
ayudarlo a cuidar el Obelisco...

ACTOR 1—No se preocupe. Usted cumpla con
su cita. *(Señala al Joven.)* El me va a ayudar. *(Al
Joven.)* Me vas a ayudar, ¿no?

JOVEN—¡Claro, señor! ¡Lo que usted diga, patrón!

EL—*(Resignado.)* Bueno... fue un gusto...

ACTOR 1—Para mí también, señor.

LA MUERTE—¿Vamos?

EL—Sí... *(Va hacia ella. Mira las manos.)* Dice
que son pájaros...

LA MUERTE—*(Con afabilidad.)* Es... ¡joven!

EL—*(Cómplice.)* ¡Ah! *(Va hacia las manos. Co-
mienza a estrechar una a una.)* Adiós. Adiós. Adiós.
Adiós. *(Las mira. Señala al Joven con la cabeza.)*
No lo distraigan.
Salen El y La Muerte.

LA MUERTE—Espero que no haya comenzado
la película...

EL—No te preocupés. Siempre es la misma.

Salen.

JOVEN—*(Al Actor 1.)* ¿Usted cree que haya empezado la película?

ACTOR 1—No te preocupés. Siempre es la misma.

JOVEN—Siempre me gustó el cine. En Paraná, los domingos, al mediodía, sabe, mamá amasaba ñoquis, y después mi hermano y yo... el menor... porque en casa...

ACTOR 1— ¡Pará! ¡Pará! ¡No hablés tanto que me vas a enloquecer!

JOVEN—Como usted diga, patrón. No quisiera incomodarlo. Usted se portó bien conmigo... quiero decir, que acabo de llegar... no conozco a casi nadie... y usted, sin saber quién soy, me recibe como...

ACTOR 1—*(Desesperado.)* ¡Pará, te digo! ¡Pará!

JOVEN—*(Pausa corta.)* Sí, patrón.

ACTOR 1—*(Pausa. Le señala el Obelisco.)* ¿Te gusta el?... *(Se corta.)* ¡No, mejor no te pregunto nada, porque sos capaz de estar una hora contestándome! *(Pausa. Busca tema.)* ¡Ah, sí! Mirá, tengo algo que hacer, pero volveré enseguida... ¿Podés cuidarme el Obelisco?

JOVEN—Claro, patrón.

ACTOR 1—Pero, oíme... no lo dejés solo, ¡eh! ¡Hay que cuidarlo siempre!

JOVEN—Vaya tranquilo, patrón. ¡Yo se lo cuido!

ACTOR 1—¿Te comprometés, no?

JOVEN— ¡Claro!

ACTOR 1— ¡No me fallés, eh!

JOVEN— ¡Por favor!

El Actor 1 lo mira. Sale. Pausa. El Joven comienza

a silbar. Pausa. Mira los pájaros. Entra La Joven.

LA JOVEN—¡Hola!

JOVEN—¡Hola!

LA JOVEN—¡Te reconocí por el silbido! ¿Llegué tarde?

JOVEN—*(Mira el reloj.)* No...

LA JOVEN—¿Habrá empezado la película?

JOVEN—No sé... Pero, mirá, recién dos viejos decían que siempre dan la misma.

LA JOVEN—¿Sí? ¡Entonces vamos al río! ¿Te parece bien?

JOVEN—¡Claro!

La Joven ve las manos revoloteando.

LA JOVEN—¿Qué son esas cosas tan horribles?

JOVEN—Pájaros de colores. ¡A mí tampoco me gustaron nunca!

El Joven y La Joven salen. Las manos desaparecen. Pausa. Entra el Actor 1. Busca al Joven. No lo encuentra. No puede creerlo.

ACTOR 1—¡No puede ser! ¡Te comprometiste! ¡Vos te!... (Se corta. Dice asombrado, incrédulo.) ¡Un mentiroso! ¡Era un mentiroso! ¡Eso sí que no estaba previsto!

El Obelisco a su primera dimensión. El Actor 1 lo mira. Pausa. Lo toma en sus manos. Lo enseña al público:

Un Obelisco. Nada por aquí. Nada por allá. Nada más que... ¡un Obelisco!

Espera que alguien entre. Pero no entra nadie. Pausa. Angustiado. Habla al público:

¿Nadie quiere ayudarme a cuidar el Obelisco? ¿Nadie quiere ayudarme a cuidar el Obelisco? ¿Nadie quiere ayudarme a cuidar el Obelisco?

La luz muere sobre el Actor 1 hasta la oscuridad total.

GRISELDA GAMBARO

Griselda Gambaro nació en 1928. Desde sus inicios se destacó como una escritora de gran originalidad. En el contexto de la escena argentina la crítica la vinculó al vanguardismo y habló de influencias como Kafka, Beckett, Pinter o Artaud. Lo cierto es que Gambaro ha sido siempre una escritora extremadamente inaprehensible. El tiempo se ha encargado de echar luz y hacer relevante su obra que como dice Ricardo Monti: "aún carece de una *lectura* apropiada".

Es posible que en cierta medida la complejidad de sus obras se deba a la persistencia de ciertas obsesiones que han buscado expresión en dos diferentes campos del quehacer literario. Porque Gambaro no sólo es una excelente dramaturga sino también una narradora de gran talento. De hecho su carrera comienza con tres novelas cortas de *Madrigal en ciudad* (1963), y con la serie de cuentos y dos novelas cortas de *El desatino* (1965). Le siguen: *Una felicidad con menos pena* (1967), *Nada que ver con otra historia* (1972), etc., producción paralela a la de su teatro: *Las paredes* (1963), *El desatino* (1965), *Viejo matrimonio* (1965), *Los siameses* (1965), *El campo* (1967), *Nada que ver* (1972), *Sucede lo que pasa* (1976), *La malasangre* (1981), etc.

Frente a su vasta obra, se tiene la impresión de encontrarnos ante una creadora que busca por todos los medios —recurriendo a diferentes pasos tácticos, con una pasión casi lúdica— aprehender el núcleo de la realidad de las relaciones humanas y postular por oposición, una nueva ética que nos aleje de los caminos de la destrucción por los que transitan muchos de sus personajes. Ese es su compromiso con el hombre.

Decir sí, es la historia de un encuentro casual y cuidadosamente preparado entre el Peluquero y su último cliente del día. Es la historia del camino hacia la muerte del Hombre que dice *sí*. En este nuevo juego del gato y el ratón, la clave de la destrucción final "sorpresiva" está dada en la permanente aceptación por parte de la víctima de las reglas fijadas por el victimario. La imposibilidad del *no*, el indigno servilismo del que prefiera la sumisión al conflicto, acarrean la tragedia.

Obra de alta tensión, *Decir sí*, produce la muerte como una rara especie de catarsis, la cual nos deja más presos del terror que de la conmiseración. Y es aquí donde Gambaro crea un sentido nuevo respecto a su obra anterior. Aquella inevitabilidad presente en *Los siameses*, o *El desatino* —a través de la pasividad de las víctimas atrapadas en circunstancias inmanejables de las cuales ellas no son responsables— no es tal en *Decir sí*, donde decir *no* —ese acto de suprema rebelión— bastaría para salvar el cuello.

GRISELDA GAMBARO

DECIR SI

DECIR SI

Director: **Jorge Petraglia**
Asistente: **Horacio Rainelly**

Hombre. . . . . **Jorge Petraglia**
Peluquero . . . . .Leal Rey

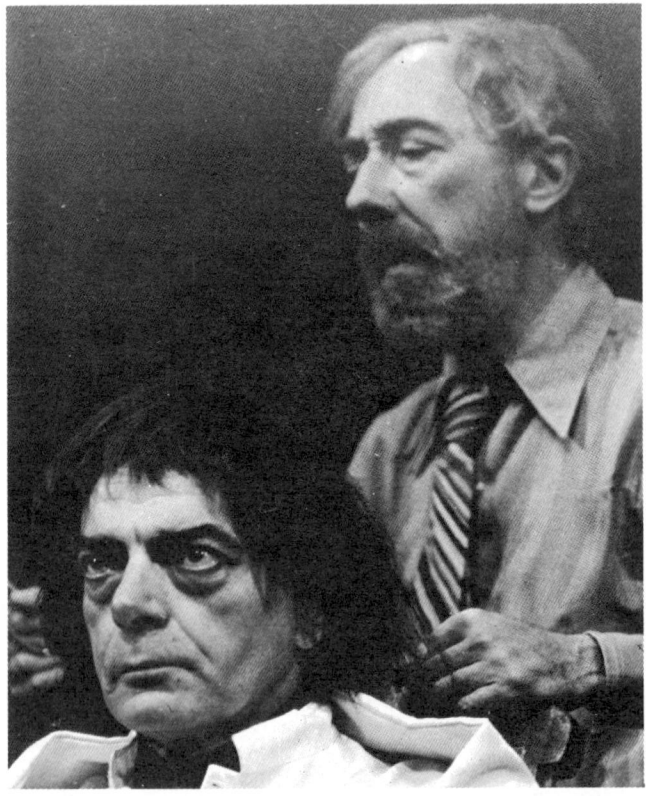

Interior de una peluquería. Una ventana y una puerta de entrada. Un sillón giratorio de peluquero, una silla, una mesita con tijeras, peine, utensilios para afeitar. Un paño blanco, grande, y unos trapos sucios. Dos tachos en el suelo, uno grande, uno chico, con tapas. Una escoba y una pala. Un espejo movible de pie. En el suelo, a los pies del sillón, una gran cantidad de pelo cortado. El Peluquero espera su último cliente del día, hojea una revista sentado en el sillón. Es un hombre grande, taciturno, de gestos lentos. Tiene una mirada cargada, pero inescrutable. No saber lo que hay detrás de esta mirada es lo que desconcierta. No levanta nunca la voz, que es triste, arrastrada. Entra Hombre, es de aspecto muy tímido e inseguro.

HOMBRE—Buenas tardes.

PELUQUERO—*(Levanta los ojos de la revista, lo mira. Después de un rato.)...* tardes... *(No se mueve.)*

HOMBRE—*(Intenta una sonrisa, que no obtiene la menor respuesta. Mira su reloj furtivamente. Espera. El Peluquero arroja la revista sobre la mesa, se levanta, como con furia contenida. Pero en lugar de ocuparse de su cliente, se acerca a la ventana y dándole la espalda, mira hacia afuera. Hombre, conciliador.)* Se nubló. *(Espera. Una pausa.)* Hace calor. *(Ninguna respuesta. Se afloja el nudo de la corbata, levemente nervioso. El Peluquero se vuelve, lo mira, adusto. El Hombre pierde seguridad.)* No tanto... *(Sin acercarse, estira el cuello hasta la ventana.)* Está despejando. Mm... mejor. Me equivoqué. *(El Peluquero lo mira, inescrutable, inmóvil. Hombre.)* Quería... *(Una pausa. Se lleva la mano a la cabeza con un gesto desvaído.)* Si... si no es tarde... *(El Peluquero lo mira sin contestar. Luego le da la*

*espalda y mira otra vez por la ventana. Hombre, an-
sioso.)* ¿Se nubló?

PELUQUERO—*(Un segundo inmóvil. Luego se
vuelve. Bruscamente.)* ¿Barba?

HOMBRE—*(Rápido.)* No, barba, no. *(Mirada
inescrutable.)* Bueno... no sé. Yo... yo me afeito.
Solo. *(Silencio del Peluquero.)* Sé que no es cómo-
do, pero... Bueno, tal vez me haga la barba. Sí, sí,
también barba. *(Se acerca al sillón. Pone el pie en
el posapié. Mira al Peluquero esperando el ofreci-
miento. Leve gesto oscuro del Peluquero. Hombre
no se atreve a sentarse. Saca el pie. Toca el sillón
tímidamente.)* Es fuerte este sillón, sólido. De... de
madera. Antiguo. *(El Peluquero no contesta. Inclina la cabeza y mira fijamente el asiento del sillón.
Hombre sigue la mirada del Peluquero. Ve pelos
cortados sobre el asiento. Impulsivamente los saca,
los sostiene en la mano. Mira al suelo...)* ¿Puedo?...
*(Espera. Lentamente, el Peluquero niega con la
cabeza. Hombre, conciliador.)* Claro, es una porquería. *(Se da cuenta de que el suelo está lleno de
cabellos cortados. Sonríe confuso. Mira el pelo en
su mano, el suelo, opta por guardar los pelos en su
bolsillo. El Peluquero, instantánea y bruscamente,
sonríe. Hombre aliviado.)* Bueno... pelo y... barba,
sí, barba. *(El Peluquero, que cortó su sonrisa bruscamente, escruta el sillón. Hombre lo imita. Impulsivamente, toma unos de los trapos sucios y limpia
el asiento. El Peluquero se inclina y observa el respaldo, adusto. Hombre lo mira, sigue luego la
dirección de la mirada. Con otro rapto, impulsivo,
limpia el respaldo. Contento.)* Ya está. A mí no me
molesta... *(El Peluquero lo mira, inescrutable. Se
desconcierta.)* dar una mano... Para eso estamos,
¿no? Hoy me toca a mí, mañana a vos. ¡No lo es-

toy tutueando! Es un dicho que... anda por ahí. *(Espera. Silencio e inmovilidad del Peluquero.)* Usted... debe estar cansado. ¿Muchos clientes?

PELUQUERO—*(Parco.)* Bastantes.

HOMBRE—*(Tímido.)* Mm... ¿me siento? *(El Peluquero lo mira, inescrutable.)* Bueno, no es necesario. Quizás usted esté cansado. Yo, cuando estoy cansado... me pongo de malhumor... Pero como la peluquería estaba abierta, yo pensé... Estaba abierta, ¿no?

PELUQUERO—Abierta.

HOMBRE—*(Animado.)* ¿Me siento? *(El peluquero niega con la cabeza, lentamente. Hombre.)* En resumidas cuentas, no es... necesario. Quizás usted corte de parado. A mí, el asado me gusta comerlo de parado. No es lo mismo, claro, pero uno está más firme. ¡Si tiene buenas piernas! *(Ríe. Se interrumpe.)* No todos... ¡Usted sí! *(El Peluquero no lo atiende. Observa fijamente el suelo. Hombre sigue su mirada. El Peluquero lo mira, como esperando determinada actitud. Hombre recoge rápidamente la alusión. Toma la escoba y barre. Amontona los pelos cortados. Mira al Peluquero, contento. El Peluquero vuelve la cabeza hacia la pala, apenas si señala un gesto de la mano. El Hombre reacciona velozmente. Toma la pala, recoge el cabello del suelo, se ayuda con la mano. Sopla para barrer los últimos, pero desparrama los de la pala. Turbado, mira a su alrededor, ve los tachos, abre el más grande. Contento.)* ¿Los tiro aquí? *(El Peluquero niega con la cabeza. Hombre abre el más pequeño.)* ¿Aquí? *(El Peluquero asiente con la cabeza. Hombre, animado.)* Listo. *(Gran sonrisa.)* Ya está. Más limpio. Porque si se amontona la mugre es un asco.

(El Peluquero lo mira, oscuro. Hombre pierde segu-
ridad.) No...ooo. No quise decir que estuviera sucio.
Tanto cliente, tanto pelo. Tanta cortada de pelo, y
habrá pelo de barba también, y entonces se mezcla
que... ¡Cómo crece el pelo! ¿eh? ¡Mejor para usted! *(Lanza una risa estúpida.)* Digo, porque... Si
fuéramos calvos, usted se rascaría. *(Se interrumpe.*
Rápidamente.) No quise decir esto. Tendría otro
trabajo.

PELUQUERO—*(Neutro.)* Podría ser médico.

HOMBRE—*(Aliviado.)* ¡Ah! ¿A usted le gustaría
ser médico? Operar, curar. Lástima que la gente se
muere, ¿no? *(Risueño.)* ¡Siempre se le muere la
gente a los médicos! Tarde o temprano... *(Ríe y*
termina con un gesto. Rostro muy oscuro del Pelu-
quero. Hombre se asusta.) ¡No, a usted no se le
moriría! Tendría clientes, pacientes, de mucha edad,
(Mirada inescrutable.) longevos. *(Sigue la mirada.)*
¡Seríamos inmortales! Con usted de médico, ¡seríamos inmortales!

PELUQUERO—*(Bajo y triste.)* Idioteces. *(Se*
acerca al espejo, se mira. Se acerca y se aleja, como
si no se viera bien. Mira después al Hombre, como
si éste fuera culpable.)

HOMBRE—No se ve. *(Impulsivamente, toma el*
trapo con el que limpió el sillón y limpia el espejo.
El Peluquero le saca el trapo de las manos y le da
otro más chico. Hombre.) Gracias. *(Limpia empe-*
ñosamente el espejo. Lo escupe. Refriega. Conten-
to.) Mírese. Estaba cagado de moscas.

PELUQUERO—*(Lúgubre.)* ¿Moscas?

HOMBRE—No, no. Polvo.

PELUQUERO—*(Idem.)* ¿Polvo?

HOMBRE—No, no. Empañado. Empañado por
el aliento. *(Rápido.)* ¡Mío! *(Limpia.)* Son buenos

espejos. Los de ahora nos hacen caras de...

PELUQUERO—*(Mortecino.)* Marmotas...

HOMBRE—*(Seguro.)* ¡Sí, de marmotas! *(El Peluquero, como si efectuara una comprobación, se mira en el espejo, y luego mira al Hombre. Hombre, rectifica velozmente.)* ¡No a todos! ¡A los que son marmotas! ¡A mí! ¡Más marmota de lo que soy!

PELUQUERO—*(Triste y mortecino.)* Imposible. *(Se mira en el espejo. Se pasa la mano por las mejillas, apreciando si tiene barba. Se toca el pelo, que lleva largo, se estira los mechones.)*

HOMBRE—Y a usted, ¿quién le corta el pelo? ¿Usted? Qué problema. Como el dentista. La idea de un dentista abriéndole la boca a otro dentista, me causa gracia. *(El Peluquero lo mira. Pierde seguridad.)* Abrir la boca y sacarse uno mismo una muela... No se puede... Aunque un peluquero sí, con un espejo... *(Mueve los dedos en tijeras sobre su nuca.)* A mí, qué quiere, meter la cabeza en la trompa de los otros, me da asco. No es como el pelo. Mejor ser peluquero que dentista. Es más... higiénico. Ahora la gente no tiene... piojos. Un poco de caspa, seborrea. *(El Peluquero se abre los mechones sobre el cráneo, mira como efectuando una comprobación, luego mira al Hombre.)* No, usted no. ¡Qué va! ¡Yo! *(Rectifica.)* Yo tampoco... Conmigo puede estar tranquilo. *(El Peluquero se sienta en el sillón. Señala los objetos para afeitar. Hombre mira los utensilios y luego al Peluquero. Recibe la precisa insinuación. Retrocede.)* Yo... yo no sé. Nunca...

PELUQUERO—*(Mortecino.)* Anímese. *(Se anuda el paño blanco bajo el cuello, espera pacíficamente.)*

HOMBRE—*(Decidido.)* Dígame, ¿usted hace con

todos así?

PELUQUERO—*(Muy triste.)* ¿Qué hago? *(Se aplasta sobre el asiento.)*

HOMBRE—No, ¡porque no tiene tantas caras! *(Ríe sin convicción.)* Una vez que lo afeitó uno, los otros ya... ¿Qué van a encontrar? *(El Peluquero señala los utensilios.)* Bueno, si usted quiere, ¿por qué no? Una vez, de chico, todos cruzaban un charco, un charco maloliente, verde, y yo no quise. ¡Yo no!, dije. ¡Que lo crucen los imbéciles!

PELUQUERO—*(Triste.)* ¿Se cayó?

HOMBRE—¿Yo? No... Me tiraron, porque... *(Se encoge de hombros.)* les dio... bronca que yo no quisiera... arriesgarme. *(Se reanima.)*   Así que... ¿por qué no? Cruzar el charco o... después de todo, afeitar, ¿eh? ¿Qué habilidad se necesita? ¡Hasta los imbéciles se afeitan! Ninguna habilidad especial. ¡Hay cada animal que es pelu...! *(Se interrumpe. El Peluquero lo mira, tétrico.)* Pero no. Hay que tener pulso, mano firme, mirada penetran...te para ver... los pelos... Los que se enroscan, me los saco con una pincita. *(El Peluquero suspira profundamente.)* ¡Voy, voy! No sea impaciente. *(Le enjabona la cara.)* Así. Nunca vi a un tipo tan impaciente como usted. Es reventante. *(Se da cuenta de lo que ha dicho, rectifica.)* No, usted es un reventante dinámico. Reventante para los demás. A mí no... No me afecta. Yo lo comprendo. La acción es la sal de la vida y la vida es acción y... *(Le tiembla la mano, le mete la brocha enjabonada en la boca. Lentamente, el Peluquero toma un extremo del paño y se limpia. Lo mira.)* Disculpe. *(Le acerca la navaja a la cara. Inmoviliza el gesto, observa la navaja que es vieja y oxidada. Con un hilo de voz.)* Está mellada.

PELUQUERO—*(Lúgubre.)* Impecable.

HOMBRE—Impecable está. *(En un arranque desesperado.)* Vieja, oxidada y sin filo, ¡pero impecable! *(Ríe histérico.)* ¡No diga más! Le creo, no
me va a asegurar una cosa por otra. ¿Con qué interés, no? Es su cara. *(Bruscamente.)* ¿No tiene una
correa, una piedra de afilar? *(El Peluquero bufa tristemente, Hombre desanimado.)* ¿Un... cuchillo?
(Gesto de afilar.) Bueno, tengo mi carácter y...
¡adelante! Me hacen así, *(Gesto de empujar con un
dedo.)* ¡y yo ya! ¡Vuelo! *(Afeita. Se detiene.)* ¿Lo
corté? *(El Peluquero niega lúgubremente con la cabeza. Hombre, animado, afeita.)* ¡Ay! *(Lo seca
apresuradamente con el paño.)* No se asuste. *(Desorbitado.)* ¡Sangre! ¡No, un rasguño! Soy... muy nervioso. Yo me pongo una telita de cebolla. ¿Tiene...
cebollas? *(El Peluquero lo mira, oscuro.)* ¡Espere!
*(Revuelve ansiosamente en sus bolsillos. Contento,
saca una curita...)* Yo... yo llevo siempre. Por si me
duelen los pies, camino mucho, con el calor... una
ampolla acá, y otra... allá. *(Le pone la curita.)* ¡Per-
fecto! ¡Ni que hubiera sido profesional! *(El Peluquero se saca el resto de jabón de la cara, da por
concluida la afeitada. Sin levantarse del sillón, adelanta la cara hacia el espejo, se mira, se arranca la
curita, la arroja al suelo. El Hombre la recoge, trata
de alisarla, se la pone en el bolsillo.)* La guardo...
está casi nueva... Sirve para otra... afeitada...

PELUQUERO—*(Señala un frasco, mortecino.)*
Colonia.

HOMBRE—¡Oh, sí! Colonia. *(Destapa el frasco,
lo huele.)* ¡Qué fragancia! *(Se atora con el olor
nauseabundo. Con asco, vierte un poco de colonia
en sus manos y se las pasa al Peluquero por la cara.
Se sacude las manos para alejar el olor. Se acerca*

una mano a la nariz para comprobar si desapareció
el olor, la aparta rápidamente a punto de vomitar.)

PELUQUERO—*(Se tira un mechón. Mortecino.)*
Pelo.

HOMBRE—¿También el pelo? Yo... yo no sé.
Esto sí que no.

PELUQUERO—*(Idem.)* Pelo.

HOMBRE—Mire, señor. Yo vine aquí a cortarme
el pelo. ¡Yo vine a cortarme el pelo! Jamás afronté
una situación así... tan extraordinaria. Insólita...
pero si usted quiere... yo... *(Toma la tijera, la mira*
con repugnancia.) yo... soy hombre decidido... a
todo. ¡A todo!... Porque... mi mamá me enseñó
que... y la vida...

PELUQUERO—*(Tétrico.)* Charla. *(Suspira.)* ¿Por
qué no se concentra?

HOMBRE—¿Para qué? ¿Y quién me prohibe
charlar? *(Agita las tijeras.)* ¿Quién se atreve? ¡A
mí los que se atrevan! *(Mirada oscura del Peluque-*
ro.) ¿Tengo que callarme? Como quiera. ¡Usted!
¡Usted será el responsable! ¡No me acuse si... ¡no
hay nada de lo que no me sienta capaz!

PELUQUERO—Pelo.

HOMBRE—*(Tierno y persuasivo.)* Por favor, con
el pelo no, mejor no meterse con el pelo... ¿para
qué? Le queda lindo largo... moderno. Se usa...

PELUQUERO—*(Lúgubre e inexorable.)* Pelo.

HOMBRE—¿Ah, sí? ¿Conque pelo? ¡Vamos
pues! ¡Usted es duro de mollera, ¿eh?, pero yo,
¡soy más duro! *(Se señala la cabeza.)* Una piedra
tengo acá. *(Ríe como un condenado a muerte.)*
¡No es fácil convencerse! ¡No, señor! Los que lo
intentaron, no le cuento. ¡No hace falta! Y cuando
algo me gusta, nadie me aparta de mi camino, ¡na-

die! Y le aseguro que... No hay nada que me divier-
ta más que... ¡cortar el pelo! ¡Me!... me enloquece.
(Con animación, bruscamente.) ¡Tengo una ampolla en la mano! ¡No puedo cortárselo! *(Deja la tijera, contento.)* Me duele.

PELUQUERO—Pe-lo.

HOMBRE—*(Empuña las tijeras, vencido.)* Usted
manda.

PELUQUERO—Cante.

HOMBRE—¿Que yo cante? *(Ríe estúpidamente.)*
Esto sí que no... ¡Nunca! *(El Peluquero se incorpora a medias en su asiento, lo mira. Hombre, con un
hilo de voz.)* Cante, ¿qué? *(Como respuesta, el Peluquero se encoge tristemente de hombros. Se re-
clina nuevamente sobre el asiento. El Hombre canta
con un hilo de voz.)* ¡Fígaro!... ¡Fígaro... qua, fígaro là...! *(Empieza a cortar.)*

PELUQUERO—*(Mortecino, con fatiga.)* Cante
mejor. No me gusta.

HOMBRE—¡Fígaro! *(Aumenta el volumen.)*
¡Fígaro, Fígaro! *(Lanza un gallo tremendo.)*

PELUQUERO—*(Idem.)* Cállese.

HOMBRE—Usted manda. ¡El cliente siempre
manda! Aunque el cliente... soy... *(Mirada del Peluquero.)* es usted... *(Corta espantosamente. Quiere
arreglar el asunto, pero lo empeora, cada vez más
nervioso.)* Si no canto , me concentro... mejor. *(Con
los dientes apretados.)* Sólo pienso en esto, en cortar, *(Corta.)* y... *(Con odio.)* ¡Atajá esta! *(Corta un
gran mechón. Se asusta de lo que ha hecho. Se separa unos pasos, el mechón en la mano. Luego se
lo quiere pegar en la cabeza al Peluquero. Moja el
mechón con saliva. Insiste. No puede. Sonríe, falsa-
mente risueño.)* No, no, no. No se asuste. Corté un

mechoncito largo, pero... ¡no se arruinó nada! El pelo es mi especialidad. Rebajo y emparejo. *(Subrepticiamente, deja caer el mechón, lo aleja con el pie. Corta.)* ¡Muy bien! *(Como el Peluquero se mira en el espejo.)* ¡La cabecita para abajo! *(Quiere bajarle la cabeza, el Peluquero la levanta.)* ¿No quiere? *(Insiste.)* Vaya, vaya, es caprichoso... El espejo está empañado, ¿eh?, *(Trata de empañarlo con el aliento.)* no crea que muestra la verdad. *(Mira al Peluquero, se le petrifica el aire risueño, pero insiste.)* Cuando las chicas lo vean... dirán, ¿quién le cortó el pelo a este señor? *(Corta apenas, por encima. Sin convicción.)* Un peluquero... francés... *(Desolado.)* Y no. Fui yo...

PELUQUERO—*(Alza la mano lentamente. Triste.)* Suficiente. *(Se va acercando al espejo, se da cuenta que es un mamarracho, pero no revela una furia ostensible.)*

HOMBRE—Puedo seguir. *(El Peluquero se sigue mirando.)* ¡Déme otra oportunidad! ¡No terminé! Le rebajo un poco acá, y las patillas, ¡me faltan las patillas! Y el bigote. No tiene. ¿por qué no se deja el bigote? Yo también me dejo el bigote, y así, ¡como hermanos! *(Ríe angustiosamente. El Peluquero se achata el pelo sobre las sienes. Hombre, se reanima.)* Sí, sí, aplastadito le queda bien, ni pintado. Me gusta. *(El Peluquero se levanta del sillón, Hombre retrocede.)* Fue... una experiencia interesante. ¿Cuánto le debo? No, usted me debería a mí, ¿no? Digo, normalmente. Tampoco es una situación anormal. Es... divertida. Eso: divertida. *(Desorbitado.)* ¡Ja-ja-ja! *(Humilde.)* No, tan divertido no es. Le... ¿le gusta cómo... *(El Peluquero lo mira, inescrutable.)*... le corté? Por ser... novato... *(El Pelu-*

quero se estira las mechas de la nuca.) Podríamos
ser socios... ¡No, no! ¡No me quiero meter en sus
negocios! ¡Yo sé que tiene muchos clientes, no se
los quiero robar! ¡Son todos suyos! ¡Le pertene-
cen! ¡Todo pelito que anda por ahí es suyo! No
piense mal. Podría trabajar gratis. ¡Yo! ¡Por favor!
(Casi llorando.) ¡Yo le dije que no sabía! ¡Usted
me arrastró! ¡No puedo negarme cuando me piden
las cosas... bondadosamente! ¿Y qué importa? ¡No
le corté un brazo! Sin un brazo, hubiera podido
quejarse. ¡Sin una pierna! ¡Pero fijarse en el pelo!
¡Qué idiota! ¡No! ¡Idiota, no! ¡El pelo crece! En
una semana, usted, ¡puf!, hasta el suelo! *(El Peluquero le señala el sillón. El Hombre recibe el ofre-
cimiento incrédulo, se le iluminan los ojos.)* ¿Me
toca a mí? *(Mira hacia atrás buscando a alguien.)*
¡Bueno, bueno! ¡Por fin nos entendimos! ¡Hay que
tener paciencia y todo llega! *(Se sienta, ordena, feliz.)* ¡Barba y pelo! *(El Peluquero anuda el paño
bajo el cuello. Hace girar el sillón. Toma la navaja,
sonríe. El Hombre levanta la cabeza.)* Córteme bien.
Parejito.
*El Peluquero le hunde la navaja. Un gran alarido.
Gira nuevamente el sillón. El paño blanco está empapado en sangre que escurre hacia el piso. Toma
el paño chico y seca delicadamente. Suspira larga,
y bondadosamente, cansado. Renuncia. Toma la revista y se sienta. Se lleva la mano a la cabeza, tira y
es una peluca lo que se saca. La arroja sobre la cabeza del Hombre. Abre la revista, comienza a silbar
dulcemente.*
Telón.

El acompañamiento

CARLOS GOROSTIZA

Carlos Gorostiza nació en Buenos Aires en 1920. Talento de gran versatilidad comienza como titiritero con el grupo "La estrella grande" para quienes escribe entre 1943 y 1950, las obras de *La clave encantada*.

Paralelamente se incorpora como actor en el teatro La Máscara, con quienes produce en 1949 su obra *El puente* en la que revela sus grandes dotes de dramaturgo y de innovador. Esta obra se considera el punto inicial de un nuevo teatro argentino. Calificado livianamente de naturalista, realista, verista-costumbrista, lo cierto es que Gorostiza rompe con el lenguaje de la generación anterior, con su romanticismo y su retórica, para producir este éxito que le habla al espectador en su propio lenguaje y recrea situaciones que aluden a su realidad inmediata.

Sus obras posteriores son: *El fabricante de piolín* (1950), *El caso del hombre de la valija negra* (1951), *Marta Ferrari* (1954), *El último perro* (versión teatral de la novela de Guillermo House, 1954), *El reloj de Baltazar* (1955), *El pan de la locura* (1958), *Vivir aquí* (1964), *Los prójimos* (1966), *¿A qué jugamos?* (1968-69), *El lugar* (1970), *La ira* (1970), *Los cinco sentidos capitales* (1973), *La Gallo y yo* (1976); estas tres últimas son obras en un acto. En 1978 estrena *Los hermanos queridos*, y en 1980 *Juana y Pedro*.

Sin duda sus obras de mayor impacto han sido *El puente* y *El pan de la locura* representadas en casi toda América Latina y los Estados Unidos. Hay que destacar también la labor de Gorostiza como director, por la cual ha recibido variadas distinciones y ha sido invitado a Venezuela, México y los Estados Unidos.

El acompañamiento, es la historia de la "locura" de Tuco, un obrero que en su juventud había intentado ser cantante de tangos. Mingo, un bromista del barrio, ha invitado a Tuco a cantar a la televisión, donde dice tener un amigo, y este se ha encerrado en un cuarto de su casa a prepararse para el retorno triunfal. Sebastián, un viejo amigo, es comisionado por la familia para sacarlo del encierro, pero después de analizar con Tuco el fracaso de sus vidas, se deja ganar por la locura de este, ofreciéndose a aprender guitarra para acompañarlo.

Obra que examina las ilusiones y frustaciones de estos miembros de las clases populares, *El acompañamiento*, es un juicio de la calidad de la vida normal. Sometidos a la mitología de las grandes estrellas, al sueño de la fama y la riqueza, estos seres aguantan a duras penas la mediocridad de su existencia real, frente a la cual el delirio representa, por lo menos, una posibilidad de escape.

CARLOS GOROSTIZA

EL ACOMPAÑAMIENTO

EL ACOMPAÑAMIENTO

Director: **Alfredo Zemma**

Tuco . . . .**Carlos Carella**
Sebastián. . . . .**Ulises Dumont**

Un pequeño cuarto aislado del resto de la casa. La única puerta está cerrada con llave. Hay un catre con las sábanas revueltas, una mesita con utensilios y cacharros, una vieja victrola con manivela, un espejo, un cajón de frutas vacío y una vieja valija.

Tuco está parado sobre el cajón de frutas, cantando el tango "Viejo Smoking" de Guillermo Barbieri y Celedonio Flores, para un público supuesto, exhibiendo todas sus posibilidades —voz, gestos, ademanes— y al mismo tiempo observándose críticamente de costado en el espejo.

TUCO—"Viejo smoking de los tiempos... en que yo también tallaba... y una papusa garaba... en tu solapa lloró... Solapa que por su brillo... parece que encandilaba... y que donde iba, sentada... mi fama de gigoló".

Repite la última estrofa tratando de perfeccionar el estilo, cambiando gestos y ademanes. Al fin queda satisfecho. Entonces va a la victrola, da vuelta la manivela y coloca el pick-up sobre el disco de 78 revoluciones. Escucha atentamente. Aparece la voz de Gardel cantando el mismo tango. Tuco "lo sigue" sin cantar, tratando de copiarlo. Al fin se oyen golpes en la puerta. Con ansiedad, detiene el disco, va a la puerta y allí susurra ansiosamente:

TUCO—¿Quién es?

VOZ—Sebastián.

TUCO—*(Asombrado, casi desilusionado.)* ¿Quién?

SEBASTIAN—Sebastián.

Tuco duda y al fin abre dando vuelta la llave. Deja pasar a Sebastián y vuelve a entornar la puerta.

SEBASTIAN—Qué decís. *(Entra.)*

TUCO—¿Qué hacés acá?

SEBASTIAN—*(Nervioso.)* Y... Hacía mucho que no te veía, y...

TUCO—*(Decepcionado.)* Creí que era el acompañamiento. *(Espía hacia afuera por la hendija.)*

SEBASTIAN—¿Quién?

TUCO—El acompañamiento. Lo estoy esperando.

SEBASTIAN—¿Qué acompañamiento?

TUCO—Las guitarras.

SEBASTIAN—Ah.

TUCO—Pasá, pasá. De veras que hacía mucho que no venías.

SEBASTIAN—Sí. El boliche, ¿sabés? Me lleva todo el tiempo. *(Observa cómo Tuco cierra con llave.)* ¿Por qué cerrás con llave?

TUCO—Por ésos. Ya me tienen podrido.

SEBASTIAN—Quiénes. ¿El acompañamiento?

TUCO—¡No! ¡Esos! *(Señala la puerta.)* ¿No los conocés, acaso?

SEBASTIAN—Ah. ¿Tu... tu familia?

TUCO—¡Mi familia! ¡Me tienen podrido! ¡Me tienen podrido! Vení, vení, sentate. *(De pronto se detiene y lo mira.)* No te habrán mandado ellos, ¿no?

SEBASTIAN—No, qué me van a mandar. Ni los vi.

TUCO—Seguro que viniste solo. Por tu cuenta.

SEBASTIAN—De motu proprio.

TUCO—Ah, de motu proprio. Entonces sentate, nomás. *(Sebastián se sienta. Tuco lo mira con picardía.)* Quiere decir que no sabés nada.

SEBASTIAN—De qué.

TUCO—Vuelvo a cantar.

SEBASTIAN—*(Exagerado.)* ¿De veras?

TUCO—Qué te parece.

SEBASTIAN—Fenómeno. Te... te felicito. Por eso era que esperabas a...

TUCO—Al acompañamiento. Claro. Justamente

ahora estaba ensayando. ¿Querés escuchar?

SEBASTIAN—Bueno, cómo no.

TUCO—Escuchá. *(Se para sobre el cajón. Va a empezar pero se detiene y mira a Sebastián desconfiadamente.)* Hacía mucho que no venías por acá.

SEBASTIAN—Sí. El boliche. Ya te dije: me tiene muy ocupado.

TUCO—¿Seguro "de motu proprio"?

SEBASTIAN—Seguro, seguro.

TUCO—Bueno. *(Va a empezar otra vez, pero otra vez se detiene.)* ¿Hoy es fiesta?

SEBASTIAN—No.

TUCO—¿Y por qué no estás en el boliche, entonces?

SEBASTIAN—*(Piensa rápido.)* Se me acabó la mercadería. No vino el repartidor, y...

TUCO—*(Dudando.)* Porque ésos son muy capaces de haberte ido a buscar para que vos... *(Queda mirándolo.)*

SEBASTIAN—*(Demasiado ingenuo.)* Para que yo qué.

TUCO—*(Baja sigilosamente del cajón, va a la puerta, escucha, se acerca a Sebastián y le dice casi al oído.)* No quieren dejarme cantar.

SEBASTIAN—*(Se hace el sorprendido.)* ¿Ah, no? ¿Y por qué?

TUCO—Qué sé yo por qué. Con los locos nunca sabés. *(Lo mira fijo.)* Seguro que no te fueron a pedir que me convencieras, ¿no?

SEBASTIAN—*(Exagerado.)* ¿A mí? ¿A tu mejor amigo?

TUCO—Mirá que te creo, eh.

SEBASTIAN—*(Molesto.)* Sí, claro. Podés creerme.

TUCO—*(Tranquilo, lo palmea.)* Bueno. Entonces

te voy a cantar. *(Va al cajón pero Sebastián se levanta.)*

SEBASTIAN—Aunque de todos modos... vos les decís "ésos" como si fueran extraños. Al fin de cuentas es tu familia: tu mujer, tu hija... el abuelo... No son extraños.

TUCO—No. No son extraños: son locos. ¿Y escuchás o no escuchás?

SEBASTIAN—*(No tiene otra alternativa.)* Sí, sí, cómo no. Pero un cachito, no más. Tengo que volver al boliche.

TUCO—¿No dijiste que no había llegado el repartidor?

SEBASTIAN—*(Rápido.)* Por eso. Justamente. Por si llega y no me encuentra.

TUCO—Ah. *(Piensa.)* Bueno. El estribillo, aunque sea.

SEBASTIAN—Dale, dale. *(Se sienta mientras Tuco sube al cajón. Sonríe saludando a un público imaginario, hace sonar una guitarra imaginaria y canta otra vez "el estribillo". Sebastián lo mira con cierta sorpresa. Tuco termina el estribillo, emite un yin-yin imitando el sonido de la guitarra y queda esperando una respuesta. A Sebastián le cuesta opinar.)*

TUCO—*(Al fin.)* ¿Y?

SEBASTIAN—No... no perdiste nada de voz.

TUCO—*(Ríe.)* Jé. "¡No perdí nada de voz!" Vamos, Sebastián, reconocé: ¡estoy mejor que nunca! *(Baja del cajón.)* El Mingo me lo reconoció, el otro día, cuando lo encontré en la otra cuadra. Y eso que le canté bajito, nomás. ¡Mejor que nunca, estoy! Y voy a estar mejor, todavía, ahora que me empecé a cuidar. Convidame con un cigarrillo, dale. *(Sebastián saca un paquete y le ofrece. Tuco yergue la cabeza con altivez.)* No, gracias, no fumo. *(Sebastián lo mira sorprendido.)* ¿Eh? ¿Qué te parece? Hasta el faso, dejé.

SEBASTIAN—*(Confundido.)* Ah... te... te felicito.

TUCO—El Mingo me dijo: "si te cuidás vas a hacer capote".

SEBASTIAN—¿El Mingo?

TUCO—Claro. Y yo me cuido. Tiene un amigo en la televisión.

SEBASTIAN—Ah. Y fue él el que...

TUCO—Claro. Me lleva.

SEBASTIAN—*(Para sí, con rabia.)* ¡Hijo de puta!

TUCO—¿Cómo?

SEBASTIAN—*(Cambiando la intención, sonriendo admirativamente, convirtiendo el insulto en una alabanza.)* Digo... ¡Qué hijo de puta!

TUCO—Ah, sí. ¿Viste? El flaco es bárbaro. Las sorpresas que te da la vida, ¿no? Yo lo veía siempre un poco sobrador, un poco, como te puedo decir... canchero... como si siempre te estuviera cargando. Además tiene fama de eso, para qué lo vamos a negar. Y mirá la sorpresa que me sale dando. Gané un amigo. Y un amigo de ley. Hasta me va a conseguir el acompañamiento.

SEBASTIAN—Ah. También es él el que...

TUCO—Claro. El me los va a mandar. Los estoy esperando. Quedaron en venir la semana pasada. Pero sabés cómo son esas cosas: si los tipos son buenos están muy ocupados, él ya me lo advirtió. Así que no hay que apurarse. El Mingo no me va a mandar cualquier cosa, así que... Yo mientras tanto ensayo.

SEBASTIAN—*(Intentando por primera vez una argumentación.)* ¡Tuco, por favor! ¿Cómo podés?...

TUCO—*(Lo mira sorprendido.)* ¡Sebastiancito! ¡No me digas que tenés celos! Jajajá. ¡Sebastiancito tiene celos, carajo! ¡Miren un poco! ¡Con la pinta de recio que tiene! *(Lo palmea.)* ¡Pero no te preocupés, hermano! Podré tener muchos amigos, pero como vos... ninguno. Siempre vas a ser el preferido. Aunque hacía mucho que no me venías a ver. ¡Celos! ¡Ja!

Tuco se aleja riendo. Llega a la mesita y, siempre riendo, vuelca parte del contenido de una jarrita en una taza. De repente para de reír, se echa el líquido a la garganta y empieza a hacer sonoras gárgaras. Sebastián, que daba vueltas por ahí casi desesperado, buscando la forma de explicar la realidad a Tuco, pega un brinco. Después se acerca con cuidado.

SEBASTIAN—¿Qué hacés?

Tuco no oye. El ruido de sus gárgaras no le deja oír nada. Sebastián le golpea en el brazo y Tuco lo mira sin dejar de hacer gárgaras.

SEBASTIAN—*(Todo lo fuerte que puede.)* ¿Qué hacés?

Tuco se señala el oído como diciendo que no oye nada y agrega un gesto pidiendo que espere. Después echa el contenido de su boca en otro recipiente y mira a Sebastián.

TUCO—¿Qué pasa?

SEBASTIAN—Te pregunto qué hacés.

TUCO—Gárgaras. *(Vuelca más líquido del jarro a la taza.)* Clara de huevo. Para la gola. *(Se señala la garganta y vuelve a introducir el líquido en su boca. Nuevas ruidosas gárgaras. Sebastián camina dos o tres pasos por ahí desesperado y al fin resuelve enfrentar el problema. Se acerca a Tuco y le habla fuerte, para que pueda oír. Pero no lo conseguirá.)*

SEBASTIAN—Mirá, Tuco. El Mingo te macaneó. *(Tuco sigue con sus gárgaras mientras mira de reojo inexpresivamente a Sebastián. Sebastián insiste.)* Te jodió, ¿entendés? No conoce a nadie en la televisión. Te estuvo cargando, nada más. *(Tuco sigue con sus gárgaras y señala su oído. Sebastián grita más fuerte.)* ¡Digo que el Mingo es un hijo de puta que te estuvo cargando... y que vos sos un boludo que se dejó cargar! ¡No te va a mandar acompañamiento ni un carajo, Tuco! ¡Y vos no vas a cantar en ninguna parte! ¡Ese tiempo ya pasó!, ¡entendés!, ¡ya pasó! ¡Y vos también ya... *(Tuco deja de hacer gárgaras y el grito de Sebastián se oye muy claramente cuando agrega.)* ¿O tu familia entonces tiene razón cuando... *(Se da cuenta que las gárgaras terminaron y ve a Tuco que lo mira con mirada extraña, inmóvil, con la boca cerrada llena de clara de huevo. Y entonces baja el volumen y la velocidad cuando continúa mecánicamente.)* ...cuando dice que vos...?

Quedan mirándose un instante. Tuco va al recipiente y echa allí el contenido de su boca. Luego vuelve a mirar a Sebastián, que está inmóvil, casi temeroso, como si acabara de confirmar algo terrible. Tuco se acerca a él.

TUCO—¿Qué dice mi familia?

SEBASTIAN—*(Temeroso, vacilante.)* Nada. Que... que te encerraste aquí hace una semana y que...

TUCO—*(Con suficiencia.)* Y que estoy loco.

SEBASTIAN—*(Rápido.)* No, no, eso no. Qué me van a decir eso. Al fin de cuentas es tu familia, ¿no?

TUCO—Qué raro. *(Prueba su voz.)* Do... do...do-dodo.

SEBASTIAN—¿Por qué raro?

TUCO—Porque me gritan loco a cada rato. Se

ponen ahí detrás de la puerta y meta gritar: "Estás
loco, Tuco, estás loco. Salí que te vas a enfermar.
Si no salís vamos a llamar a la policía..." Je. Te imaginás el miedo que me da. Si llega a venir la cana
los que van adentro son todos ellos. *(Prueba su voz.)*
Do... do... dododo... Eso es lo que pasa con los que
están rayados. creen que los rayados son los otros.
Do... do... dododo... Por eso me encerré aquí. No
los iba a denunciar. Como vos decís, por más que
a uno le duela, es la familia. Pero te aseguro que a
veces hay que hacer un esfuerzo... Por ejemplo ese
lío con la comida. Yo no pensaba comer más. Para
qué. Ahora estoy muy ocupado ensayando, y...
Con que me mandaran clara de huevo era suficiente. ¡Pero el primer día que pasé sin comer hicieron
un lío ahí detrás de la puerta! Ahí confirmé mi sos-
pecha de que... *(Se toca la sien con un dedo.)* Y
yo sin comer me sentía lo más bien: lo más livianito.
Pero qué les vas a hacer: con los locos hay que dis-
parar por donde ellos disparan, así que... ahora como. Les abro la puerta un poquito... y me dejan la
bandeja ahí, en el suelo. Corro el riesgo de que me
pongan algo en la comida, eso sí. ¿Pescás, no? Pero
yo los jodo: primero pruebo un poquito, y si no
me pasa nada sigo. Pero ya te dije: no los voy a denunciar; al fin de cuentas es la familia. Do... do...
dododo...

SEBASTIAN—*(Mira alrededor como preocupa-
do.)* Este... y cuando... cuando querés ir al baño...
¿cómo hacés? *(Tuco lo mira y sonríe. Sebastián serio.)* Digo yo: ¿vas al baño? *(Sin perder la sonrisa,
Tuco va a la mesa y toma un gran cuchillo. Se lo
muestra y Sebastián retrocede suavemente.)*

TUCO—Ellos saben. Pego un grito. Hago así, vas
a ver. *(Va a la puerta y desde allí grita fuerte.)* ¡Cui-

dado, que voy al baño! *(Gira hacia Sebastián muy divertido.)* Seguro que ya rajaron todos. Vía libre, vas a ver. *(Abre la puerta suavemente esgrimiendo el cuchillo, muerto de risa. Abre, muestra a Sebastián.)* ¿Viste? *(Cierra.)* y después, desde el baño, lo mismo: "¡Cuidado, que ya salgo!". Y ni un alma en el camino. Tan locos no son. Le tienen un jabón al cuchillito. Jejeje. *(Esgrime el cuchillo.)* ¿Sabés cuándo empecé a darme cuenta de que estaban rayeti? Cuando empecé a ensayar y les tuve que contar lo de Mingo y la televisión. Claro; vieron que no iba a laburar, y entonces... ¿Sabés lo que me dijeron? Que el Mingo me estaba tomando el pelo. Y Gracielita me dijo otra cosa: que me estaba jodiendo, me dijo. Jodiendo. ¿Te parece que ésa es manera de hablar para una chica?

SEBASTIAN—Y... son modernos...

TUCO—¿Pero te das cuenta? Que mi propia hija me diga eso del Mingo. Es lo mismo que si de repente me dijera que vos también me estás jodiendo. Vos. Que sos más amigo que el Mingo, todavía. ¿Viste que no tenés por qué ponerte celoso? Sos más amigo que el Mingo. Nadie lo discute.

SEBASTIAN—No, no, claro que no.

TUCO—Si me dijeran que vos me estás jodiendo... entonces sí... no sé... *(Mira el cuchillo con rabia y lo deja sobre la mesa. En seguida prueba su voz.)* Do... do... dodododo... Hoy hay mucha humedad.

SEBASTIAN—Sí, mucha, sí. *(Tuco vuelve a hacer gárgaras. Sebastián busca algo para decir. Lo encuentra.)*

SEBASTIAN—Digo yo... ¿y no extrañás la vida que llevabas antes? (Tuco detiene su gárgara. Lo mira inquisidor con la boca abierta.)*

TUCO—¿Ah?

SEBASTIAN—*(Rápido.)* No, nada, nada. Terminá tranquilo. *(Tuco termina sus gárgaras y escupe en el recipiente.)*

TUCO—¿Qué decías? *(Prueba.)* Do... do... dododo... *(Queda más o menos satisfecho.)*

SEBASTIAN—Nada... Que... en fin... si no extrañás la vida que llevabas antes.

TUCO—*(Risueñamente sorprendido.)* ¿De qué vida me hablás? ¿La de la fábrica?

SEBASTIAN—*(Confuso.)* Bueno... la de la fábrica... toda tu vida.

TUCO—*(Divertido.)* Je. Entonces sí que tendrían razón en llamarme loco si yo extrañara una cosa así. Je. No me digas que vos la extrañarías.

SEBASTIAN—Bueno... mirá: los días que cierro el kiosco, yo... *(Rápido por las dudas.)* No te digo que lo extraño mucho, no. Pero... uno está tan acostumbrado que... Vos entendés. Viene un cliente... viene otro... Hablás un poco con uno, otro poco con otro... Aunque sean tonterías: que hace calor, que hace frío... Pero te entretenés. Y después tenés el paisaje: desde donde yo estoy se ve hasta la vereda de enfrente. La gente que pasa, los automóviles. Y a veces llueve y podés ver llover. Cómo no vas a extrañar un poco todo eso.

TUCO—*(Pensativo.)* Claro. Vos porque tenés el boliche. Pero yo... siempre con la misma máquina ahí adelante: páfete-púfete, páfete-púfete... *(Mueve la mano como manejando una palanca.)* El único paisaje son los fierros que se mueven. Y suerte que hacen ruido, porque así puedo cantar. Es lo único que tengo: como con el ruido de la máquina no se oye, me la paso cantando. Por eso me puedo conservar en forma. Do... do... dododo... Pero después, todo lo demás... Acordate cuando laburábamos juntos en el taller. ¿Te acordás cómo esperábamos el sábado? *(Recuerda.)* ¿Te acordás cómo esperábamos el sábado?

SEBASTIAN—*(Empieza a entrar en el recuerdo de Tuco.)* Sí. Cómo no me voy a acordar. No llegaba nunca el sábado. Je.

TUCO—¿Y cuando llegaba? ¿Te acordás cuando llegaba? La siestita, el mate... y a la tardecita el bañito con agua de colonia, la afeitada... la pilcha... y ¡zas!... al café.

SEBASTIAN—*(Entusiasmado.)* Y a la noche... la milonga.

TUCO—Sí. Y después de la milonga... otra vez el café. Y hasta que no empezaba a aclarar no parábamos, ¿te acordás? Meta tango y tango y blablablá, blablablá... Ja. Cómo hablábamos, eh. No parábamos. Cuántos sueños, cuántos... *(Queda pensativo. Sebastián también, pero al fin éste reacciona.)*

SEBASTIAN—Bueno... Pero todo aquello ya pasó. Qué le vamos a hacer. Ahora la vida es distinta. Nosotros somos distintos.

TUCO—*(Muy firme.)* No. Vos sos el mismo Sebastián de siempre. El tiempo habrá pasado, pero vos sos el mismo Sebastián de siempre. De fierro. Se te puede dar el hígado, a vos, para que lo cuidés. *(Sebastián se mueve molesto.)* No. Vos no cambiaste. Y eso que vos sí pudiste cumplir tu sueño. Me acuerdo como si fuera hoy... con el anicito siempre en la mano... ¿Siempre tomás el anicito?

SEBASTIAN—No, ahora no. Un día empezó a caerme mal y desde entonces...

TUCO—*(Algo confundido.)* Bueno... en algo uno tiene que cambiar un poco. Ahí habrás cambiado; pero en todo lo demás no. ¿Te acordás cuando de-

cías... así, con la copita en la mano... es como si estuviera viéndote: "Lo que yo quiero es algún día
no depender de nadie. Aunque sea tener un bolichito... pero vivir en libertad, no depender de nadie."
¿Te acordás? Bueno tuviste el bolichito. Lo que
querías. No dependés de nadie. Cumpliste tu sueño.

SEBASTIAN—Bueno... Tanto como cumplir mi
sueño...

TUCO—*(Deprimido.)* Sí, Sebastián, sí. Cumpliste
tu sueño. En cambio yo... primero por una cosa...
después por otra... la cuestión es que nunca pude...
(Se endurece. Palmea el hombro de Sebastián.) Pero ahora sí, Sebastiancito. Ahora sí. Alguna vez se
me tenía que dar. Do... do... dododo... *(Sigue pro-
bando la voz.)*

SEBASTIAN—*(Intentando suavemente.)* Pero a
vos te parece que a esta altura de la vida, cuando
uno ya... ¿De veras que tenés ganas de?...

TUCO—¿Ganas? Je. ¿Quién habla de ganas? Uno
no debe pensar solamente en uno mismo. Uno también debe pensar en los demás. Se debe a su público, como me dijo el Mingo, ahí en la esquina, cuando le canté: tenía la boca así, abierta; ni sé cómo
pudo hablar. "Mira, Tuco, —me dijo— no tenés derecho a que el mundo se pierda la oportunidad de
escucharte. No podés ser tan egoísta". Eso me dijo:
"No podés ser tan egoísta". Qué te parece. Eso es
decir algo, eh. ¿Y alguna vez vos viste que yo fuera
egoísta?

SEBASTIAN—No, claro que no, pero...

TUCO—*(Interrumpe.)* ¿Entonces? Me tengo que
brindar, qué querés que le haga.

SEBASTIAN—Y... Podrías esperar al sábado.
¿Eh? ¿Qué te parece? Te brindás los sábados a la
noche.

TUCO—Ah, sí. ¿Y vos creés que los sueños hay que cumplirlos los sábados a la noche, nada más? Eso cuando éramos jóvenes. Pero ahora... ¿Y los otros días que hago?

SEBASTIAN—Y... Ensayás en la fábrica. Con el ruido de la máquina... Además... dentro de poco te vas a jubilar.

TUCO—*(Inmóvil.)* ¿Seguro que no te estuvieron hablando?

SEBASTIAN—*(Inocencia exagerada.)* ¿Quiénes?

TUCO—*(Agresión exagerada.)* ¡Esos!

SEBASTIAN—*(Rápido.)* No, no, ya te dije: para nada.

TUCO—*(Desconfiado.)* Porque eso es lo que ellos quieren. "Volvé a la fábrica, que te falta poco para jubilarte". Me tienen podrido con eso. Seguro que no te estuvieron hablando, ¿no?

SEBASTIAN—Seguro, seguro.

TUCO—*(Más tranquilo.)* Je. Mirá si voy a reaparecer como ¡"El Jubilado Cantor"! ¡Están locos, no te dije! Carlos Bolívar. ¿Te gusta?

SEBASTIAN—Qué.

TUCO—Mi nuevo nombre artístico. Carlos Bolívar.

SEBASTIAN—Sí, sí. No es feo. Aquella vez que cantaste en el club... usaste otro nombre, ¿no?

TUCO—*(Molesto.)* Ah. Te acordás.

SEBASTIAN—Claro. Cómo no me voy a acordar si vos...

TUCO—*(Interrumpe molesto.)* Bueno, olvidate. *(Sebastián calla en seco. Tuco se recompone.)* Ahora todo va a ser distinto. Hasta el nombre. Me puse Carlos por el Morocho. Y Bolívar por San Martín.

SEBASTIAN—¿Cómo por San Martín?

TUCO—Sí. Quiero decir que primero pensé en ponerme San Martín. Carlos San Martín. No me digas que no era fenómeno. Pero después pensé que podía armarse algún lío y me puse Bolívar, que es extranjero. Ahí nadie puede decir nada. Además queda en el oído. Carlos Bolívar, Carlos Bolívar... Lo pensé mucho, no te creas.

SEBASTIAN—Sí, sí. Ya lo veo.

TUCO—Je. "El Jubilado Cantor". Mirá un poco. *(Se acerca sigiloso.)* ¿Sabés de qué tengo miedo?

SEBASTIAN—¿De qué?

TUCO—De que no lo dejen entrar.

SEBASTIAN—¿A quién?

TUCO—Al acompañamiento.

SEBASTIAN—Ah.

TUCO—El Mingo me dijo que me los iba a mandar en seguida. Que apenas se desocuparan... Pero ya pasaron varios días. ¿No crees que ésos lo pudieron haber parado, allí?

SEBASTIAN—*(Piensa. Sonríe.)* A mí no me pararon.

TUCO—Es cierto. *(Se tranquiliza.)* Porque aquella vez, en el club, lo que falló fue el acompañamiento. ¿Te acordás que cada uno andaba por su lado? Además los hijos de puta agarraron un tono muy alto y por ahí me cuesta. Yo más bien soy barítono. ¿No ves? *(Canta.)* "Viejo smoking de los tiempos... en que yo..." Más bien soy barítono. ¡Hijos de puta! Por eso tuve que parar. Preferí mandarme mudar antes que seguir así, con cada uno por su lado. Hijos de puta. Ni al estribillo pude llegar. Pero ahora es distinto. ¿Vos sabés las horas que llevo ensayando? No me para nadie esta vez. El Mingo me lo dijo: "Se trata de que ensayes bien, con un buen acompañamiento". Es un gran tipo el Mingo. Yo no lo conocía; la verdad que no lo conocía. ¿Sabés lo que me quería mandar como acompañamiento? Una orquesta. Pero yo le dije que no. Lo tuve que convencer. Era demasiado. Y aquí... dónde los iba a meter. Además me gustan las guitarras, qué querés que te diga. Siempre que no sean como aquellas del club. Guitarras como las de Gardel. Pero como el Gardel de antes. No el de las películas. El de antes. El Morocho. El verdadero Morocho. ¿Te acordás? En aquella época, cuando canté en el club... decían que yo me parecía al morocho; ¿Te acordás? *(Sonríe y pone cara de Gardel.)* Todo el mundo me lo decía. Lástima lo que pasó después. ¡Hijos de puta! "Agarramos en fa", me decían después los boludos. Ma que fa ni que fa. Yo más bien soy barítono. Y ellos, lo que tenían que hacer, era acompañarme, ¿no? Y bueno. " ¡Fa!" Je. Si ese día hubiera tenido un buen acompañamiento ahora no iba a estar en la máquina todo el día, con ese ruido... *(Mira con picardía a Sebastián.)* Pero algo de aquel tiempo voy a usar. Todo va a ser distinto, pero hay algo que... *(Sigilosamente va a una valija vieja, saca un smoking descolorido y se lo muestra como si fuera una bandera.)* ¿Qué te parece?

SEBASTIAN—Qué es?

TUCO—Cómo "qué es". Mirá, mirá. ¿No lo reconocés? *(Se pone el smoking, que le queda estrechísimo, se estira el peinado y sonríe como Gardel.)* ¿Y? ¿Te acordás? Falta el moñito. *(Se señala el cuello.)*

SEBASTIAN—Claro, claro. Es un smoking, ¿no?

TUCO—Claro. El del club. Lo guardé. Yo sabía que algún día lo iba a usar. Decíme: ¿vos no tenés un moñito?

SEBASTIAN—No. Moñito no... *(Se le ocurre.)* Pero... podríamos salir a comprar. Yo te acompaño. Salimos los dos y entonces... *(Tuco mira de reojo el cuchillo que está sobre la mesa y Sebastián sigue su mirada.)* No, no va a hacer falta el cuchillo. Saliendo conmigo nadie te va a... *(No sigue. Tuco piensa.)*

TUCO—¿Y en el boliche no tenés? *(Sebastián no entiende.)* Moñitos. ¿No vendés?

SEBASTIAN—Ah, no. Por ahora no. A lo mejor más adelante...

TUCO—*(Interesado.)* Qué. ¿Pensás ampliar?

SEBASTIAN—Claro. Quién no piensa en ampliar. ¿Vamos, entonces?

TUCO—*(No oye. Pensativo.)* Así que pensás ampliar. Ja. De veras que te va bien, entonces. ¿Viste? Vos cumpliste tu sueño.

SEBASTIAN—*(Molesto.)* Bueno... ya te dije que no es para tanto. Con el boliche voy tirando, eso sí. Pero tanto como cumplir el sueño... Ya ves: moñitos todavía no tengo.

TUCO—No. Pero vas a tener. Je. Me doy cuenta, me doy cuenta. Ya veo cómo sos. Nunca se acaba de conocer a la gente, ¿viste? Primero el Mingo... ahora vos. Vos sos como las personas que hacen algo importante en la vida: jamás te van a decir "yo hice esto o lo otro". No. Lo hicieron y ya está. Nada de andar publicándolo por ahí. *(Cambia.)* Pero hay que tener cuidado, eh. Un poco de modestia está bien. Pero nada de exagerar. Mirá lo que me pasó a mí. Me pasé de modesto. Y aquí me tenés. Si hubiera sido un poquito más orgulloso, un poco más... no sé cómo decirte... si me hubiera dado el lugar... eso: si me hubiera dado el lugar que me correspondía... mi vida habría sido otra. Sí. Mi vida habría sido otra. *(Se sienta triste. Sebastián se conmueve. Se acerca.)*

SEBASTIAN—Bueno, Tuco. Al fin de cuentas vos no la pasaste tan mal. Está bien que no pudiste dedicarte al canto. Dios lo quiso así, qué le vas a hacer. Pero siempre tuviste laburo... *(Con un matiz personal, relexivo.)* ...formaste una buena familia...

TUCO—Todos locos.

SEBASTIAN—*(Reaccionando.)* Sí, claro, sí. Pero... bueno... algún día se curarán.

TUCO—¿A vos te parece?

SEBASTIAN—Claro. Con los locos pasa eso. Que en el momento menos pensado... zas... se les pasa. Por ejemplo. A lo mejor ahora mismo, si vos salieses y les hablases... tranquilo, sin el cuchillo... a lo mejor... quién te dice...

TUCO—*(Lo mira serio.)* ¿Se te metió en la cabeza hacerme salir, a vos?

SEBASTIAN—¿Por qué me decís eso?

TUCO—Primero a buscar el moñito... ahora que salga a curar a los locos ésos... Que se curen solos. Me tienen podrido.

SEBASTIAN—Bueno... Vos dijiste hace un ratito que había que brindarse a los demás, ¿no?

TUCO—Sí. Pero con el arte.

SEBASTIAN—Además... no es que yo quiera que vos salgas. Lo que yo quiero es que no te quedes encerrado aquí adentro. *(Sin mucha convicción.)* Que sientas un poco de aire de afuera, en fin, que...

TUCO—*(Lo mira con ternura.)* Siempre el mismo Sebastián.

SEBASTIAN—¿Cómo?

TUCO—Igual que cuando hablabas en el taller. Y mirá que pasaron años, eh. El aire... la libertad...

Seguís hablando igual. Contame, contame.

SEBASTIAN—*(Molesto.)* Que te cuente qué.

TUCO—Cómo es eso. El aire... la libertad. Ahora vos tenés todo eso. Contame cómo es. Dentro de poco yo también lo voy a tener.

SEBASTIAN—*(Cada vez más molesto y con menos convicción.)* Ah. Bueno, mirá... Se trata de poder respirar por tu cuenta, sabés. Porque tenés ganas, sin nadie al lado que te obligue, que te diga: "ahora meté aire adentro, ahora sacalo". ¿Entendés? *(Repite con rabia.)* Nadie que te diga ¡"Metelo, sacalo, metelo, sacalo"!

TUCO—*(Ríe.)* Ja. Está bien eso. Claro que te entiendo. Eso es lo que me están diciendo ellos siempre: "Metelo, sacalo". Je. Está bien eso.

SEBASTIAN—Bueno... Yo no me refería a la familia, sino a todo... Al mundo en general. La familia a veces te puede ayudar.

TUCO—Decís eso porque vos no tenés familia. Mirame a mí.

SEBASTIAN—Sin embargo... a veces... quién sabe... si vos pusieras algo de tu parte...

TUCO—*(Se aleja violentamente.)* ¡No rompas más las pelotas con eso! ¡Cada uno tiene su idea, y... cada uno tiene su idea! *(Se detiene frente al cuchillo. Lo mira. Se calma. Gira hacia Sebastián ya calmo.)* De todos modos... podemos seguir siendo buenos amigos. No tenemos por qué estar de acuerdo en todo para ser amigos, ¿no? Vos pensás que a los locos se los puede curar. Yo no. Bueno. En eso no pensamos igual. Pero no tenemos por qué discutir.

SEBASTIAN—Claro, claro. No discutamos y ya está.

TUCO—Eso. *(Se acerca sonriente y cordial.)* Bueno, dale, contame. En lo de la libertad en general estamos de acuerdo, así que contame.

SEBASTIAN—Qué querés que te cuente.

TUCO—Cómo respirás. Je. Me imagino tu vida en el boliche. Hacés lo que querés, ¿no? *(Sincero.)* Al que te hincha mucho las pelotas... lo rajás, ¿no?

SEBASTIAN—*(Molesto, hesitando.)* Bueno... en general la gente no hincha tanto. Si uno la sabe tratar... Además vienen y se van, así que...

TUCO—¿Y qué hacés cuando no hay nadie? Contame, contame.

SEBASTIAN—*(Le cuesta.)* Y... Hago cuentas... reviso la mercadería... *(Al fin descubre.)* Escucho radio. Casi siempre tengo encendida la radio. Me hago unas panzadas de radio bárbaras.

TUCO—Escuchás tangos.

SEBASTIAN—Sí. También.

TUCO—*(Lo palmea.)* Mirá cuando me escuchés a mí. Pero contá, contá. Qué más hacés.

SEBASTIAN—*(Cada vez más molesto.)* Y... Mucho tiempo para otras cosas no tengo.

TUCO—Pero vos decías que mirabas la calle... la vereda de enfrente...

SEBASTIAN—Ah, sí, claro, sí.

TUCO—Bueno. ¿Y qué ves?

SEBASTIAN—Y... La gente. *(Cada vez más serio y molesto.)* Los autos, los... *(Intenta sonreír pero no puede.)* En fin... la vida que pasa.

TUCO—*(De repente pensativo.)* Cómo pasa, eh.

SEBASTIAN—¿Quién?

TUCO—La vida.

SEBASTIAN—Ah, sí. *(También pensativo.)* Pasa, sí. *(Quedan los dos pensativos en silencio.)*

TUCO—*(De repente.)* ¿Y cuando llueve?

SEBASTIAN—¿Cómo?

TUCO—Dijiste, antes, que a veces llueve, y vos mirás.

SEBASTIAN—*(Otra vez nervioso.)* Ah, sí. Y bueno: cuando llueve la vida pasa más rápido; todos rajan. Je. Nadie se quiere mojar. *(Recuerda con molestia, se endurece.)* El otro día una vieja se paró ahí, delante del kiosco, con el paraguas todo chorreando... y vos sabés que yo le decía "señora, corra el paraguas que me está mojando toda la mercadería"... y la vieja como si no oyera, revisando todo, oliendo todo como si todo estuviera podrido... ¿Y al final sabés lo que me compró? Un chocolatín. De los chiquitos. Se mojó toda... me mojó toda la mercadería... y compró un chocolatín. De los chiquitos. ¿Qué te parece? *(Se ha ido enfureciendo.)* Por un chocolatín de mierda me amargó el día. ¿Te parece justo? ¿Eh? ¿Te parece justo? Decíme.

TUCO—*(Solidario.)* No. Claro que no.

SEBASTIAN—Ah. Porque por ahí te conmovías y salías diciendo que era una pobre vieja indefensa, o algo así.

TUCO—No. Cómo voy a decir eso. Era una vieja boluda. Si dejaba chorrear el paraguas ahí...

SEBASTIAN—*(Creciendo en su ira.)* Eso. Una vieja boluda. Y la calle está llena de viejas boludas.

TUCO—*(Curioso.)* ¿Ah, sí?

SEBASTIAN—Ja. ¡Si supieras todas las viejas boludas que hay!

TUCO— ¡No me digas! ¿Y vos las ves?

SEBASTIAN—¿Si las veo? Ja. Y a veces tengo que tocarlas, también. La vez pasada una con cien lucas se quería llevar tres paquetes de pastillas. Tuve que agarrarle la mano así... *(Toma por el puño a*

Tuco y cachetea su mano.) ...y hacérselos soltar a la fuerza. Se hacía la sorda la hija de puta.

TUCO—Esa muy boluda no era.

SEBASTIAN—*(En el colmo de su ira.)* Boluda... Hija de puta... Es lo mismo.

TUCO—*(Después de mirar con comprensión a Sebastián, con deseo de animarlo.)* Bueno... menos mal que... también irán chicos a comprar, ¿no?

SEBASTIAN—De ésos mejor no hablemos. *(Camina nervioso.)*

TUCO—*(Después de una pausa.)* Algunos problemitas tenés, parece.

SEBASTIAN—*(Debe aceptar.)* Y, sí. Algunos problemitas. No va a ser todo un lecho de rosas.

TUCO—Claro. *(Tiempo.)* Pero igual. La libertad no se paga con nada.

SEBASTIAN—Claro que no.

TUCO—*(Volviendo a entusiasmarse.)* Y además... después, a la noche... ¿siempre vivís solo en aquel cuartito?

SEBASTIAN—Sí, siempre. *(Queda pensativo.)*

TUCO—*(Canta sonriendo.)* "Cuartito azul"... Je. ¡Sebastiancito, carajo! Las fiestachas que te debés mandar allí, eh.

SEBASTIAN—*(Más reconcentrado.)* Sí, claro.

TUCO—Por eso... la libertad no se paga con nada. *(Intranquilo.)* Y esos turros que no aparecen. *(Más nervioso.)* Después vienen los líos: que el "fa", que el "mí"... Y no entienden que yo soy casi barítono. Y que lo único que necesito es que me acompañen. Un buen acompañamiento.

SEBASTIAN—*(Triste, ensimismado.)* Quién sabe no vienen, Tuco.

TUCO—¿Cómo?

SEBASTIAN—Que quién sabe no vienen.

TUCO—¡Cómo no van a venir! Que tarden un poco no quiere decir que... *(Lo mira atentamente.)* ¿Vos sabés algo?

SEBASTIAN—*(Lucha consigo mismo.)* No, no, no sé nada. Digo nomás. Podría ser que...

TUCO—*(Piensa.)* De veras. Tenés razón. No lo había pensado. Por Mingo yo pongo las manos en el fuego. Pero a esos turros no los conozco: y quién te dice que le fallaron. *(Sebastián va a decir algo pero calla. Tuco sigue pensando.)* O fueron esos... *(Señala la puerta de entrada.)* ...que no los dejaron entrar. *(Sebastián calla nerviosamente. Tuco lo mira y se le ocurre algo.)* Sebastián.

SEBASTIAN—Qué.

TUCO—Acompañame vos.

SEBASTIAN—¿YO? ¿Con qué?

TUCO—Con guitarra.

SEBASTIAN—Pero si no sé tocar.

TUCO—Aprendés.

SEBASTIAN—¿Pero vos sabés el tiempo que se necesita para?...

TUCO—Un curso rápido. Si esperé hasta ahora puedo esperar un poco más. Además con vos sería grandioso. Dale, Sebastián, acompañame.

SEBASTIAN—Pero es que yo... *(Con decisión.)* Además no puedo, Tuco.

TUCO—Por qué no podés. Si te ponés a aprender...

SEBASTIAN—Aunque me ponga. *(Muestra la mano.)* Tengo los dedos cortos.

TUCO—Hay guitarras chiquitas; eso no importa. Y es fácil. Escuchá y vas a ver qué fácil. *(Tuco imita con las manos como si tocara la guitarra y canta.)* "Viejo smoking de los tiempos..." *(Se acompaña con la supuesta guitarra.)* "Yin, yin... en que yo también tallaba... yin... yin...". *(Sebastián lo mira con una mirada nueva. Tuco termina las estrofas y enfrenta a Sebastián.)* ¿Viste qué fácil? ¿Eh? ¿No es fácil?

SEBASTIAN—*(Accediendo casi.)* Sí. Pero yo...

TUCO—*(Apurándolo.)* Dale, dale, empecemos a ensayar.

SEBASTIAN—*(En lucha consigo mismo.)* No, Tuco, no puedo. Yo... Además quién sabe ya está el repartidor esperándome en el boliche.

TUCO—*(Se inmoviliza.)* Está bien. Está bien. Andate, nomás. Claro. Total... vos ya triunfaste. Los demás que se jodan.

SEBASTIAN—No es eso, Tuco. Es que...

TUCO—Andate, andate, nomás. *(Pausa. Sebastián lucha consigo mismo y al fin decide irse lentamente. Cuando llega a la puerta se oye la voz de Tuco.)*

TUCO—Pensaba darte una foto mía, dedicada, con moñito y todo, para que la pusieras ahí en el kiosco. Ahora no te voy a dar un carajo.

SEBASTIAN—Pero Tuco. Yo...

TUCO—Andate, andate, nomás. *(Sebastián camina dudosamente otro paso hacia la puerta pero se detiene otra vez cuando Tuco vuelve a hablarle.)* Y no te voy a dar ninguna entrada para que me vayas a ver en vivo a la tele. Te la vas a tener que conseguir vos. Vos mismo te la vas a tener que conseguir. Y sabés cómo se van a matar para conseguir una entrada para verme a mí, ¿no? Van a tener que hacer cola de tres días. Eso. Y vos de acá. *(Un corte de manga.)* Vas a tener que verme en tu roñoso televisor, si querés verme. Vas a tener que interrumpir una de esas fiestachas que hacés en tu bulín; porque las minas van a querer verme a mí. Y lo único que vos vas a poder decirles es que yo era amigo tuyo. "Era", ¿entendés? ¡"Era"! Porque desde ahora podés hacer de cuenta que no te conozco. Y si al salir te cruzás con los de la guitarras... por favor... ¡ni se te ocurra decirles una sola palabra, eh! ¡Ni saludarlos!

SEBASTIAN—*(Desesperado.)* ¡No van a venir, Tuco!

TUCO—*(Lo mira con desprecio.)* Ah. Ahora sos pesimista, también. Quién lo hubiera dicho. Vos pesimista. Esa no es la manera de hablar de un triunfador, qué querés que te diga.

SEBASTIAN—¡No hinchés más las pelotas con eso, Tuco! ¡Yo no soy ningún triunfador, ¿no entendés? ¡Yo no soy ningún triunfador!

TUCO—*(Perplejo.)* Qué. ¿Así que no triunfaste?

SEBASTIAN—¡No jodas más con eso! Lo único que yo te pido es que no te encierres aquí como... como si encerrándote... ¿Qué ganás con encerrarte, decime? ¿Qué ganás con encerrarte?

TUCO—*(Lo mira asombrado.)* No triunfaste. Y todavía me hablás de libertad.

SEBASTIAN—Yo no te hablé de nada, Tuco. Yo... Lo único que yo...

TUCO—*(Con cierto desprecio.)* Podrías haber triunfado conmigo. Te lo perdiste.

SEBASTIAN—Tuco... Yo...

TUCO—No tenés nada que aclarar. Andate, nomás. *(Empieza a quitarse el smoking. Sebastián se desplaza lenta y desesperadamente hacia la puerta. Tuco lo detiene otra vez.)*

TUCO—Je. "Motu proprio".

SEBASTIAN—*(Volviéndose rápida y ansiosamente.)* ¿Eh? ¿Cómo?

TUCO—Me dijiste que habías venido "de motu proprio". Vos también me jodiste.

SEBASTIAN—*(Apenas.)* No, Tuco. Lo que yo...

TUCO—Me importa un carajo. Andate, andate nomás. *(Vacilante, Sebastián va hasta la puerta, se detiene. Mira cómo Tuco guarda el smoking en la valija. Al fin se detiene.)*

SEBASTIAN—¿Me voy, entonces? *(Tuco no responde.)* Mirá que me voy, eh. *(Tuco, después de guardar el smoking, va a la mesita y vierte clara de huevo del jarro a la taza. Vuelve a hacer gárgaras y no oye a Sebastián, que sigue hablando.)* Yo no tengo la culpa, Tuco. Yo quise ayudarte, nada más. El que te jodió fue el Mingo. Es un hijo de puta. Y vos sos un cantor fenómeno. *(Gárgaras más fuertes. Sebastian se acerca y grita más fuerte.)* ¡Escuchame, Tuco! Te digo que yo vine porque quise ayudarte. No te jodí. *(Más fuerte las gárgaras. Grito más fuerte de Sebastián.)* ¡Oíme, carajo! ¡Te digo que yo no tengo la culpa! *(Tuco se señala el oído como diciendo que no oye.)* ¡Digo que yo no tengo la culpa... y que siempre pensé que sos un cantor fenómeno! ¡Lo de la televisión es puro grupo pero vos no sos grupo, Tuco, vos no sos grupo! *(Tuco va disminuyendo la potencia de las gárgaras.)* ¡Sos un cantor fenómeno! ¡Como Gardel! ¡Cantás mejor que nunca! ¡Y te parecés! ¡Claro que te parecés, Tuco! ¡Y si querés... *(Toda una rebelión.)* si querés te acompaño, qué carajo! ¡Hago un curso rápido y te acompaño! ¡Y voy a ser mejor guitarrista que cualquiera de esos turros que el Mingo dijo que iba a mandar y que... *(Calla de repente porque Tuco ya dejó de hacer las gárgaras y lo mira fijo. Luego Tuco va a la mesita, vierte la clara de huevo en el recipiente y enfrenta a Sebastián.)*

TUCO—¿Cómo dijiste?

SEBASTIAN—Que... que yo te acompaño. Hago un... un curso rápido, y... Te acompaño, Tuco.

TUCO—¿Seguro?

SEBASTIAN—Seguro, Tuco.

TUCO—*(Va rápidamente a la valija, saca el smoking, se lo pone y sube al cajón.)* Empecemos a ensayar, dale. Agarra la guitarra.

(Sebastián mira alrededor confundido.)

TUCO—*(Haciendo ademanes como pulsando una guitarra imaginaria.)* Dale. Agarrala.

SEBASTIAN—Ah, sí. *(Va junto a Tuco y hace como que pulsa una guitarra.)* triiin, triiin, triiin...

TUCO—Eso. Afinala. Pero nada de "fa", eh. Ya escuchaste el disco. Lo que yo necesito es un acompañamiento, nada más.

SEBASTIAN—Vos cantá, Tuco. Cantá que matamos. Dale.

TUCO—Dale. Tocá. *(Pone cara con sonrisa de Gardel y prepara su ademán. Sebastián, feliz, responde con otra sonrisa.)*

SEBASTIAN—*("Tocando".)* Triiin, triiin, triiii...

TUCO—*(Canta.)* "Viejo smoking de los tiempos... en que yo también tallaba..." *(Y sigue cantando mientras Sebastián lo acompaña entusiasmado.)*

Telón

RICARDO HALAC

Ricardo Halac nació en Buenos Aires en 1935. En 1961, en el teatro La Máscara, estrenó *Soledad para cuatro*, su primera obra, que marca el comienzo de lo que se ha dado en llamar, el *neorrealismo* en la escena argentina. En esta obra fundamental Halac plasma un mundo de ansiedades, rebeldía y actitudes destructivas que reflejan la problemática de su generación. En la misma línea siguen *Estela de madrugada* y *Fin de diciembre*, representadas en 1965, retratos de la abulia y las frustaciones de los jóvenes de la clase media. Hasta este momento, el lenguaje es obligatoriamente coloquial, debido a la necesidad de recrear un mundo reconocible. En el '69, con *Tentempié I* y *II*, comienza lo que los críticos consideran una etapa de transición hacia un estilo más experimental. *Segundo tiempo* (1976), marca la búsqueda de nuevas posibilidades dramáticas, que en *El destete* (1978), culminan con la ubicación de Halac dentro del grotesco, modalidad estética que ha producido importantes obras en la dramaturgia argentina.

Perla Zayas de Lima, en su *Diccionario de autores teatrales argentinos*, cita a Ricardo Halac refiriéndose a su encuentro con el grotesco a partir de *Segundo tiempo*: "A partir de entonces experimenté estilos sin cesar, hasta que me fui acercando al que más sentía dentro, el grotesco, que tal vez no sea casual que constituya la parte más profunda y original del estilo del realismo crítico". La risa "abre al espectador, lo relaja, le hace bajar la guardia, en ese momento, una verdad contundente le da de lleno en el cuerpo y lo obliga a encogerse de nuevo, tal vez a llorar. Ese es el grotesco".

Lejana tierra prometida está construída en dos planos que convergen hasta encontrarse hacia el final. En el plano *real* presenta el conflicto de dos hombres y una mujer unidos por el mutuo amor y el proyecto de viajar a un punto en la tierra donde puedan realizar sus anhelos y esperanzas de vida mejor. En el otro plano, deambulan los espíritus de las Viejas I, II, y III, representaciones de madres que han presenciado el aniquilamiento de generaciones de hijos enterrados en una tumba colectiva.

La obra juega con la detención del tiempo y los espacios míticos, hasta construirse como una forma de ritual que nos acerca al mito del eterno retorno.

RICARDO HALAC

LEJANA TIERRA PROMETIDA

Lejana tierra prometida

LEJANA TIERRA PROMETIDA

Director: **Omar Grasso**
Asistente: **Ricardo Raconto**
Músico y Ejecutante: **Jorge Valcárcel**
Vestuarista: **Héctor Calmet**

Vieja 1a. . . . .**Felisa Yany (E.T.P.)**
Vieja 2a.:. . . . . **Norma Ibarra (E.T.P.)**
Vieja 3a.:. . . . .**Rita Cortesse (E.T.P.)**
Osvaldo: . . . .**Víctor Laplace**
Ana: . . . . **Virginia Lago**
Gerardo: . . . . **Norberto Díaz**

Tres extrañas viejas descansan en un campo abierto. Son extrañas, ante todo, porque no son viejas. Han envejecido de mala vida, de dolor. Una tal vez tenga más de cincuenta años. Las otras rondan los treinta. Tienen un aspecto sucio, desaliñado, que contribuye a verlas de edad. Ropa negra, o gris, zapatos o alpargatas negras, cubiertas de polvo. Ropa de otra época. Y por último, tienen algo de irreal. Sobre todo en su comportamiento. Parecen viejas de un asilo, que de pronto se ríen y de pronto se quedan fijadas en una caprichosa imagen. Están largo tiempo acostadas sobre la tierra mirando el cielo infinito. A veces con las manos y las piernas extendidas. La mayor parece más consciente; es más educada y quieta. Las dos más jóvenes gustan de rodar por la tierra, apoyarse una en otra, pasarse horas quitándose abrojos. A veces recuerdan que son mujeres y una peina largamente a la otra, interminablemente. Hasta que la menor —algo en su vestimenta recuerda que es extranjera— se aleja, gime y se comporta de una manera que resulta difícil comprender. No tienen absolutamente ningún apuro, nada que hacer. Para ellas, el tiempo no existe. El lugar tiene algunos arbustos y un pequeño túmulo, una sencilla piedra que emerge de la tierra. Es todo lo que hay cerca de donde ellos están. Un poco más lejos, árboles. El bosque que empieza. Aparece Gerardo con una radio portátil a volumen alto, y un bolso colgado en el otro hombro. Tiene diecinueve años, y como le dicen todo el tiempo que es lindo, que lo quieren, se viste resaltando sus cualidades físicas, con ropa que tal vez le ha comprado o elegido Ana, que viene detrás. Tiene por ejemplo botas, una camisa moderna, un pañuelo corto al cuello. Es bueno y sensible; ahora está bus-

cando un lugar donde acampar. Atrás suyo viene
Ana, juntando flores. Tiene unos veintiocho años,
un cuerpo generoso, una mirada atenta. Ahora se la
ve juvenil, alegre. Pero cuando se enoja parece de
golpe más grande, como si hubiera sufrido duros
reveses, no en vano. Está embarazada de cuatro meses y ha elegido ropa para manifestar su estado, pero
sin exagerar, sin deformar su cuerpo. Por supuesto,
no ven a las viejas. Ellas los ven, pero su cercanía
no parece afectarlas en nada. Detrás de todo viene
Osvaldo. Tiene una pajita entre los labios y no sabemos dónde está. Con la imaginación, se entiende.
Se abstrae, y camina como un sonámbulo, mientras
su imaginación corre, corre, corre, a veces ni él sabe a dónde. Viene cargado de bolsos, pero ni fatiga expresa. Su ropa no es formal, ni informal, sino
una mezcla cansada de las dos. Tiene arriba de cuarenta años, y aunque se sabe fuerte y aguantador,
por momentos está devastado por una imagen mala
de sí mismo y puede parecer totalmente débil. Tiene
rasgos finos, manos sensibles, de quien ha realizado
con frecuencia actividades artísticas y de pensa-
miento. Se para por inercia, porque han parado los
otros dos. Vuelve a la realidad. Mientras tanto, Ana
se ha quedado frente a frente a Gerardo. Le sonríe.
Lo mira con amor. Le abrocha un botón de la camisa.

ANA—¿Por qué paraste?

GERARDO—Te esperaba a vos.

ANA—Bueno... ¿nos quedamos aquí?

GERARDO—No sé. Vos decidís.

ANA—(Da una vuelta por el lugar. Silencio expectante.) Nos quedamos aquí.

Lo besa. El la aprieta y se besan con fuerza.

GERARDO—¿Vamos a comer aquí?

...espués vamos a dormir.

...DO—La siesta.

—Juntos.

...*ra a los ojos buscando una precisión. El la aca..cia, demostrándole así que está, como ella quiere, y cuando llega a su panza, se detiene especialmente ahí, y se pone tierno. Ella se suelta, de golpe, como si hubiera tocado la piedra de un conflicto. El hombre grande ha mirado todo impávido, inmóvil, con los bolsos en las manos.*

ANA—¿Dónde estamos?

OSVALDO—Ah, no sé.

GERARDO—Nos bajamos donde vos dijiste, caminamos para donde vos fuiste.

ANA—*(Se saca el piloto que cuelga sobre sus hombros y lo extiende sobre el pasto.)* Y bueno, cuando queramos volver, caminamos hasta un rancho y preguntamos el camino. "Dígame... don... para llegar a la ruta, ¿cómo hacemos?"

GERARDO—*(Se hace gaucho.)* "Mire... ¿ve ese molino? ¿Y después ese ombú que está detrás de esa verja con una marca colorada? Bueno... por ahí no tome". *(Se ríe.)*

OSVALDO—Vamos a buscar el camino... ¿para ir a dónde?

Silencio. Gerardo deja la radio y el bolso. Osvaldo deposita las cosas que trae. Ana se acerca a él.

ANA—¿Cómo estás?

OSVALDO—Como se puede sentir un hombre que vendió su auto y hace su primer viaje en micro. *Ana le aprieta un cachete y le sonríe con una mueca. Después apaga la radio y camina.*

ANA—¡Los ruidos del campo! ¡Los ruidos! ¡Schss! Escuchen... escuchen... *(Las viejas se mueven, musitando nombres incomprensibles. Gerardo*

se acerca a Ana. Se besan de nuevo.) ¿Tenés hambre? ¿Querés una manzana?
Gerardo ríe y mira hacia Osvaldo.

OSVALDO—Dejala que te atienda. Es una mujer al fin.

ANA—*(Ceremoniosa.)* ¿Vos también querés una manzana?

GERARDO—*(A Ana, sonriendo.)* ¡Osvaldo, tiene hambre!

OSVALDO—Hambre y sueño. *(Cae, sentado, como si sintiera débiles sus rodillas.)* También, no salgo nunca de la ciudad. Un poco de aire puro y me mareo.

ANA—Señores, siéntense... Sus pedidos van a estar enseguida.

Contenta de tener algo práctico que hacer, va a abrir los bolsos. Osvaldo se ha vuelto a meter para adentro. Gerardo se acerca a él. Lo toca con el pie. Lo patea con cariño.

GERARDO—¡Eh! ¿Cuándo me vas a armar el avión? ¿Armamos el avión? ¡Osvaldo! Me dijiste que me ibas a armar el avión.

ANA—Dejalo, si no quiere ahora.

GERARDO—Me prometió que me iba a armar el avión. ¿Para qué lo traje?

OSVALDO—No es un avión, es un planeador.

GERARDO—¿Cuál es la diferencia?

OSVALDO—El planeador no vuela solo. Hay que empujarlo.

GERARDO—Bueno, yo lo saco y vos lo armás, ¿eh?

Ahora Gerardo y Ana están activos. Osvaldo sigue con las piernas recogidas, tomadas con las manos, pensativo. La Vieja 3, la más joven, merodea por el bolso de Ana y la caja que Gerardo saca del suyo.

Las otras siguen descansando, indiferentes.

ANA—Osvaldo, ¿qué te pasa?

OSVALDO—¿Cuándo vamos a hablar?

ANA—Después.

OSVALDO—¿Después que hayamos comido y tomado vino? ¿Después de dormir? ¿Después que vos hayas hecho el amor con Gerardo?

GERARDO—No arruines el domingo, Osvaldo.

OSVALDO—Después va a ser de noche. Va a hacer frío y vamos a tener que irnos. *(Silencio. Juega con la pajita en sus labios. Mira hacia arriba.)* Es lindo estar perdido. Físicamente, quiero decir. A uno se le ocurren mil formas de seguir adelante.

GERARDO—¡Osvaldo! Me tenés que armar el avión.

OSVALDO—No es para vos sino para el nene.

GERARDO—¡Ya sé!

OSVALDO—El nene que va a nacer. El más chico.

ANA—¿Es un recuerdo que le vas a dejar cuando se vayan juntos los dos?

Silencio. La Vieja que husmeaba, se pone alerta al oír esto. Se acerca a Ana, le examina la panza.

OSVALDO—Todavía no sabemos quiénes se van a ir. Puede ser que se vayan vos y él.

ANA—*(Sonríe afablemente.)* ¿Con tu plata?

Le da una manzana a Gerardo, que se pone ávidamente a comer, mientras mira las piezas a armar. La Vieja 3, la que había ido a inspeccionar, vuelve a donde están las otras dos y las sacude. Cuchichea con ellas. Nos llega un lenguaje incomprensible. Parece que consigue despertarles la curiosidad, porque arrastrándose, o sobre sus rodillas —lo único que habitualmente no hacen es caminar— van a rodear a los tres, para prestarles atención. Entre Gerardo,

*Ana y Osvaldo, ha pasado cierto tiempo que se nota
por un imperceptible cambio de luz. Están los tres
sentados mirándose satisfechos. Suena la radio de
nuevo.*

ANA—Hace frío.

GERARDO—Abrigate. Te puede hacer mal.

ANA—¿Alguien quiere comer algo más?

OSVALDO—No, gracias.

ANA—¡Miren que guardo todo!

*Como nadie le responde, empieza a hacerlo. Gerardo
juega con el planeador ya armado.*

GERARDO— ¡Qué lindo es!

OSVALDO—Acordate que no es para vos.

GERARDO—Pero voy a poder hacerlo volar hoy,
¿no?

OSVALDO—Claro. Tenemos que probarlo, a ver
si lo armamos bien.

ANA—Pero después va a ir a aterrizar a una pa-
red, donde el nene va a dormir conmigo. Ese va a
ser su lugar. Donde debería poner una foto de su
padre desconocido. A menos que ponga una foto
de ustedes dos. *(Guarda cosas.)*

OSVALDO—No, al lado del planeador vas a poner una foto del que no va a espantar. Y cuando el
nene sea grande, vos y el que va a estar al lado tuyo
le van a contar cómo era, y por qué le regaló este
planeador.

*Una de las viejas hace una señal de ansiedad. Las
otras dos le responden con un gesto calmo. Gerardo va hasta Ana, la agarra y la abraza.*

GERARDO—¿Por qué decís esas cosas?

ANA—Digo lo que pienso.

GERARDO—*(Le corre delicadamente el cabello
y la besa en el cuello.)* Si sabés que no te voy a dejar nunca.

ANA—No, no sé.

GERARDO—Ni a vos, ni a mi nene...

Cuando le toca la panza, ella le saca la mano como si no le perteneciera. El la tumba y empieza a acariciarla.

OSVALDO—Bueno, ¿empezamos a hablar? *(Enciende un cigarrillo.)* Hay plata para dos pasajes. Y un tiempo. Dos meses... cuatro meses... según la vida que se haga. *(Baja el volumen de la radio.)* Pero alcanza. Yo estoy seguro que estando allá, pronto nos vamos a ubicar, y vamos a conseguir trabajo, y nos vamos a sacar de encima este desgano que nos mata. Vamos a ser distintos. Vitales. Capaces. Ricos. *Gerardo y Ana han empezado a hacer el amor. Osvaldo no puede menos que prestarles atención. La Vieja 2 se tumba, cara al cielo, y respira agitada como si le volvieran recuerdos. La mayor da la espalda y se aleja unos metros. La tercera —la curiosa, la de siempre— se acerca, con pequeños, lentos movimientos gatunos.*
Perdón... no quisiera ser inoportuno, pero ¿no venía la siesta ahora? Me hacen sentir tan ridículo. Una tarde en el campo, hacen el amor y el futuro por resolver. *(Suspira, angustiándose.)* Hay algo que no les dije... Disolví mis cursos. Fui a la revista y dije que no voy a colaborar más. En cuanto a nuestro dichoso lugar de trabajo... *(Le cuesta seguir.)* hablé con la señora. Se lo devuelvo a fin de mes. Acepta quedarse con los muebles como parte de pago del último alquiler. *(Pausa. Bajo.)* Me falta vender los libros y ya estoy listo para salir. ¡Ana! Gerardo... Ana, ¿me escuchás? ¡Gerardo! Váyanse a la mierda.

Se va a levantar para irse cuando Ana extiende una mano y le agarra la suya. Osvaldo mira extrañado sin

saber qué hacer. Gerardo termina. La vieja que está
cerca empieza a gritar; casi se para sobre sus débiles
rodillas.

VIEJA 3—¡Il mio figlio! ¡Vive! ¡Cui! Andava.
Andava. Andava a cavallo. ¡Fu! ¡Fu! Berto. Berto.
Bertito mío. *(Lo acuna mientras llora.)* Caro Bertito. ¿Vol lette? Dorme. Dorme, Berto. Siamo in
Argentina. Bella, l'Argentina. Mamma te voglia bene. Anche il tuo papo. Dorme...
Mientras llora lo acuna, cantándole una canción de
cuna italiana de más de cien años. Una luz ha mos-
trado las caras duras de las otras dos viejas, que la
observan mecerse, con el imaginario niño en los
brazos. Cuando la luz se enciende de nuevo, están
los tres acostados durmiendo juntos, Ana en el me-
dio, tapada por su piloto, y que en sus partes res-
tantes los cubre. De repente se sienta, preocupada.

OSVALDO—*(Abre los ojos.)* ¿Qué pasa?

ANA—Me pareció oír llorar. *(Mira alrededor.)*
Una vieja, un chico...

OSVALDO—*(Enciende otro cigarrillo.)* Sueño de
embarazada.

ANA—También soñé con estrellas. *(Las busca.)*

OSVALDO—Hm... ¿Se oía el mar? ¿Estabas
acostada sobre la arena?

ANA—*(Le sonríe.)* Dormimos los tres tapados
por este mismo piloto.

OSVALDO—Primero nos bañamos... nos salpi-
camos mucho... Después corrimos...

ANA—Desnudos.

OSVALDO—Hablamos horas, ese día.

ANA—Esa noche.

OSVALDO—Hicimos el plan. Era hermoso. Per-
fecto como un chico recién nacido.

ANA—Sí.

OSVALDO—Nos sentíamos juntos como nunca. ¡Teníamos algo concreto para hacer!

ANA—Los tres juntos.

OSVALDO—*(Se para.)* Estaba tan bien esa noche. *(Se ríe.)* ¡Me bañé cinco veces en el mar! ¡Nadé! Después canté... *(Respira. Se siente fuerte.)* Vos hacías chistes, yo te hacía cosquillas... ¡Muchas cosquillas! *(Le hace. Ella le pega en broma. Entonces él la abraza por detrás y le besa el cuello.)* Gerardo nos tiraba arena...

GERARDO—*(Ya despierto, mirándolos.)* ¿De qué se estaban acordando? ¿De Valeria del Mar?

ANA—*(Asiente.)* La noche que dormimos todos juntos, pegoteados.

OSVALDO—La noche que hicimos el plan.

ANA—Cuando volvimos a la ciudad, yo encontré el lugar donde fundamos la empresa.

OSVALDO—Yo lo pinté.

GERARDO—¡No! Yo con mis amigos, en dos días.

OSVALDO—Estupendos muchachos...

ANA—¡Todos! ¿Cuántos trabajamos ahí en un momento? ¡Muchos! ¡Muchos! ¡Muchos!

OSVALDO—¿Te acordás del día que empezamos? Un muchacho me preguntó: "¿Qué es el hombre?". "El hombre es todo lo que se puede hacer de uno mismo".

ANA—Ahí surgió la idea de pegar carteles en las puertas, en las ventanas. Osvaldo, yo pegué uno en tu oficina. "Sean realistas, pidan lo imposible".

GERARDO—*(Salta, excitado.)* ¡Yo pegué el primero! "Podría estar encerrado en una nuez, y considerarme el rey del espacio infinito".

ANA—A las ocho de la mañana, tomando el desayuno, empezaba el día bajo el lema...

OSVALDO—"Nada humano me es extraño".

GERARDO—Y después de un día de trabajo y aprendizaje, la conclusión...

ANA—"Para qué tenemos la vida, si no para darla".

OSVALDO—Y antes de dormir, descubríamos... "el amor no se busca en los ojos de quien tenemos enfrente, sino en el punto común hacia donde se mira".

ANA—Era nuestro proyecto, Osvaldo.

OSVALDO—¡Sí, pero se acabó! Lo terminaron. *(Camina agitado.)* Lo terminaron. Lo terminaron.

ANA—Osvaldo...

OSVALDO—¡Fracasó! ¡Nuestro proyecto fracasó! Igual que el anterior, y que el anterior, y que el anterior...

ANA—Tenés razón. *(Sangrienta.)* Y desde entonces, no somos tantos. Ni siquiera tres: sólo dos y uno. Primero yo te robé a Gerardo... *(Lo mira. Al oír su nombre, Gerardo se tumba de nuevo.)* Y después empezó esto. *(Señala provocativamente su panza, enmarcándola con las manos.)*

OSVALDO—¡Perdimos el tiempo! ¡Al final, perdimos el tiempo! Así es como pasan los años al pedo. Un año, dos años, tres, cuatro...

Silencio largo. Gerardo se incorpora a medias.

GERARDO—Osvaldo... *(Osvaldo no responde.)* ¡Osvaldo!

OSVALDO—¡Qué querés!

GERARDO—Contame de nuevo. Por favor.

OSVALDO—*(Lo mira, mientras Ana canturrea, observando el lugar.)* ¿Qué?...

GERARDO—¿Dónde queda exactamente ese lugar a donde querés que vayamos?

OSVALDO—Mirá... queda en un punto, en el límite entre Suiza, Francia e Italia. *(Se pone en cuclillas y repite, mientras dibuja en el suelo.)*

GERARDO—¿Y vos te creés que lo vamos a encontrar?

OSVALDO—¿Cómo, no...? ¡Gerardo! Hacemos tres kilómetros para acá, o más allá, hasta que damos con el sitio. Preguntamos.

GERARDO—Qué tonto soy... ¡Vamos en auto!

ANA—*(Ríe.)* ¡En taxi!

OSVALDO—*(Sacude la cabeza.)* Caminando. Cantando. Con las mochilas al hombro. Como vinimos aquí... sólo que sin perdernos. Porque no vamos a perdernos más. Respirándo aire puro en el camino. Eso nos va a hacer mover los pies con velocidad.

GERARDO—*(Se sienta, fascinado. Recoge sus pies.)* Contame. Contame cómo es ese lugar...

OSVALDO—De afuera parece un lugar como cualquier otro. Quién sabe más limpio... o más cuidado. Con las casas pintadas, canteros con flores, esas cosas. Poco a poco descubrís que la gente que te saluda es diferente. No habla de las tonterías de todos los días...

GERARDO—¿Cómo se viste?

OSVALDO—Con lo mínimo. Y trabaja en cualquier cosa, porque lo que vale no es ganar plata sino estudiar, hablar con el otro... amarse. Contarse cómo se está... ayudarse. Realizarse.

ANA—Perdón... ¿y cuando una tiene familia? Suponiendo que yo vaya, se entiende.

OSVALDO—¡Ana, vos vas a ir!

ANA—Todavía no tiramos la moneda al aire. Ahí... ¿hay hospitales? ¿Sanatorios?

OSVALDO—Cómo no va a haber hospitales,

Ana...

ANA—Si todos están sonriendo, hablándose de persona a persona, amándose...

OSVALDO—¡Es el mejor lugar para que nazca un chico y empezar una vida de verdad! ¡Una vida de verdad...

VIEJA 2—¡Un hijo! (*Mira a la Vieja 1; va hacia ella buscando consuelo. Habla con una leve tonada provinciana.*) Dijo un hijo, Eleonora.

VIEJA 1—(*Confortándola.*) Sí, yo también escuché.

GERARDO—(*Se para, va hacia Ana, la acaricia.*) No lo lastimes.

OSVALDO—Es que no me cree.

VIEJA 2—Yo estoy esperando un hijo.

VIEJA 1—Esperando hijos. Esperando. Esperando.

OSVALDO—¿No te importa dónde va a nacer el nene? ¿Lo único que querés es venir a pasar un día al campo...hacer el amor?

VIEJA 1—Vuelvo, vieja, me dijo. Espéreme.

VIEJA 2—Yo estoy esperando. Entuavía.

OSVALDO—Antes pensaba a lo grande. Pensabas, Ana. Pensabas. ¿Quién te achicó? ¿El nene? A ver, decime, acá, a cada chico que nace, ¿le dan la bienvenida? ¡Miralo a él...! Tiene la mitad de mi edad. Y si me interesa es porque todavía se puede salvar... ¿Querés que termine igual que yo?

VIEJA 2—(*Mira hacia un punto.*) Va a llegar otra noche. Y no volvió.

VIEJA 1—Todavía pueden venir, Rosa.

GERARDO—(*A Ana.*) No le respondas...

ANA—Te duele verlo así, ¿eh? ¡Lo querés! (*Lo aleja.*)

GERARDO—¡Sí, lo quiero! ¡Cuando se rompe

el alma tratando de vivir de otra manera, lo quiero!

OSVALDO—*(Cansado enfrentándolos.)* Les aviso. ¡Vendí todo! Si quieren la plata para irse juntos, váyanse. Les deseo toda la suerte del mundo. Y si no, Ana... vos te venís conmigo.

ANA—Vos sabés que con vos ya no va a ser.

OSVALDO— ¡Esto está pudriéndose! ¡Ya tengo cuarenta años! Hace tiempo que vengo dando y dando... Y qué recibí, ¿eh? ¿Qué recibí? Me han ido empujando a un rincón donde sólo me queda lugar para cambiarme, comer rápido y dormir. Sin soñar. Sin soñar. Sin soñar. ¿No tengo que pensar en mi vida, también?

Silencio. La canción de cuna de la Vieja 3 sube. Las otras la miran con reprobación.

VIEJA 1— ¡Decile a la italiana que no lo acune más!

VIEJA 2—¿Qué le digo, que está muerto?

VIEJA 1—¿Muerto? No. Decile que se fue... y que pronto va a volver.

OSVALDO—*(Caminando.)* Mis padres no nacieron acá... Mis abuelos tampoco. Yo soy una semilla que cayó acá de casualidad. Un accidente. Como un meteorito. Soy parte de una migración de aves que no prosperó. Todos se van a volver. Todos.. *(Se da vuelta hacia ella y grita.)* ¡No quiero que mi hijo nazca acá!

ANA— ¡No es tu hijo!

GERARDO—Mi hijo, va a ser libre como el viento.

ANA—Tampoco es tuyo.

OSVALDO—Ah, ¿es tuyo sólo porque lo llevás?

ANA—No es de nadie. Se va a morir. Es lo que le conviene.

Da un paso, queda junto al túmulo. Gerardo se para y sale. Las luces cambian. La Vieja 2 va hacia la

3, que deja de cantar.

VIEJA 2—Assunta... pare... ¡Si los estamos esperando!

VIEJA 3—Me dico que iba a pelearse contro Mitre...

VIEJA 2—¡No! ¡A favor...! *(Mira a la Vieja 1, dudando.)*

VIEJA 1—A favor de Mitre peleaba el tuyo, Rosa... *(Se pasa la mano por la frente.)* Me parece... El de Assunta... ¿quién sabe?

VIEJA 3—Contro Mitre, me dico. ¿Contro qué...? *(Queda con la mente en blanco. Vuelve a acunar con las manos vacías.)* ¡Ma si e piccolo! Non va a salire piu, sin la mamma. ¿No? ¿No, caro? ¡Si no, te facho chas, chas! (Ríe.) ¡Chas chas!*

La Vieja 2 mira a la Vieja 1, señalándole que la otra está mal de la cabeza. La Vieja 1 hace un gesto de impotencia.

VIEJA 1—¡Pobre! Vino de tan lejos... ¿para volverse loca?

Las luces cambian. Ahora están Osvaldo y Ana solos.

ANA—Estás viejo, ya. Viejo.

OSVALDO—*(Sonríe tristemente.)* ¿Viejo para entrar a la tierra prometida?

ANA—¡Hablándole de la tierra prometida, conquistaste a Gerardo de nuevo!

OSVALDO—Yo necesito que alguien crea en lo que digo. Y como vos habías empezado a darme la espalda...

ANA—Es un chiquilín...

OSVALDO—No lo subestimes... Te quiere en serio... Está dispuesto a reconocer al chico y buscarse un empleo, dos, tres, los que hagan falta...

ANA—Pero vos preferirías que se fuera con vos.

OSVALDO—¡No volví a hablar con él desde que salen juntos!

ANA—El te escucha... Se te llena la boca de palabras cuando estás con él... "Queda entre Suiza, Francia e Italia..." ¡Chocheás! ¡A ver, mostrame fotos!

OSVALDO—En esos lugares no hacen fotos. No les interesan los turistas.

ANA—¿Vos te creés que voy a ir con la panza a cuestas a buscar un espejismo?

OSVALDO—¡Ese lugar existe! Yo quiero ir a dar las fuerzas que me quedan ahí... ¡En un lugar donde uno pueda servir! ¡Quiero que mi hijo nazca ahí!

ANA—¡Dame pruebas! ¿Algún amigo tuyo llegó? ¡Mostrame una carta!

OSVALDO—¡Cuando uno llega ahí no manda postales como en la fiesta de la Vendimia! *(La abraza.)* Ana... vos preguntás porque también querés ir...

ANA—¿Por qué tiene que ser tan lejos? ¿No puede ser en la frontera con Bolivia y Perú?

OSVALDO—¡Ese es otro camino! Una vez lo empezamos a recorrer. ¿Te acordás? No lleva a nada. De vuelta aquí.

ANA—*(Le da la espalda.)* ¡Estás loco!

OSVALDO—Hay muchos lugares como ése al que yo quiero ir, dispersos por el mundo. Ahí la gente trabaja, vive, cree... Claro, aquí también podía ser. Lo intentamos... ¿Cuánto hace que lo estamos intentando? ¿Tenemos fuerzas todavía? Claro que sería lo mejor, construir sobre esta tierra. Si hay algo que quise más que a vos, que a él, es esta tierra donde pudimos construir algo para vivir todos juntos. Pero... no pude hacerlo. No le encontré la vuelta. Y ahora se terminó. No la quiero más. Estoy cansado. Muy cansado. *(Terco.)* Ahora quiero ir a ese lugar que queda entre Francia, Suiza e Italia. ¿Y qué...?

ANA—*(Se tapa la cara.)* ¡Tengo miedo, Osvaldo!

OSVALDO—¿Preferís que me emplee aquí en cualquier cosa? *(Ríe.)* ¡Si vos, con todos tus estudios, sos una desocupada! Pero si vos me lo pedís lo hago. ¡Igual lo hago! *(Su expresión se ensombrece.)* Pero entonces... ¡prestá atención! El nene va a nacer gracias a la gauchada de un estudiante de medicina que lo va a dar a luz mientras yo le alcanzo las pinzas, el algodón y la gasa que fui a comprar a la esquina del hospital. *(Levanta una imaginaria criatura.)* ¡Aquí está! ¡Es un varón! *(Pausa.)* Si no nació muerto, va a vivir muerto.

Ana se va. Las luces cambian. La Vieja 2 está arrodillada frente a la tierra y usa las dos manos como palas, moviéndolas incesantemente. La Vieja 1, se acerca despacio.

VIEJA 1—Rosa... ¿qué hacés?

VIEJA 2—Escarbo. Busco los güesos.

VIEJA 1—¿Otra vez?

VIEJA 2—¡Yo lo conozco a mi Abel! Era alto como yo y tiene un pie más corto que el otro. Por eso rengueaba un chiquito al caminar. Y acá, en la cabeza...

VIEJA 1— ¡No está ahí!

VIEJA 2—*(Para y la mira.)* ¿Usted sabe?

VIEJA 1—Ni el tuyo ni el mío. Van a llegar. Los esperamos porque van a llegar.

Las luces cambian de nuevo. Ahora Osvaldo busca, cerca de donde empieza el bosque. Gerardo se acerca, atento por otro lado.

OSVALDO—¡Ana! ¡Ana...!

GERARDO—¿A dónde se fue?

OSVALDO— ¡Qué sé yo! *(Enciende otro cigarrillo.)* Igual, muy lejos no puede ir. Cuando uno está perdido termina dando vueltas alrededor del mismo lugar. *(Se vuelve y lo mira.)* Mirá... vos te vas a ir con ella.

GERARDO—¿En serio...?

OSVALDO—*(Va a los bolsos. Saca plata de uno.)* Ya lo decidimos. Ana y yo.

GERARDO—*(Sonríe.)* ¡Mentira! ¿Cuándo?

OSVALDO—Mientras... vos no estabas. *(Cuenta plata.)*

GERARDO— ¡Me estás cargando! ¡Si quedamos en decidir juntos! *(Pausa.)* ¿Otra vez me estás tratando como a un chico...?

OSVALDO—Tomá. Aquí tenés. Para dos pasajes.

GERARDO—¿Saco pasajes para ir a dónde?

OSVALDO— ¡Basta Gerardo!

GERARDO— ¡Te lo pregunto en serio!

OSVALDO—Ella te va a ayudar.

GERARDO— ¡Pero si ella tiene más miedo que yo!

Silencio. Osvaldo le pasa la mano por los hombros. Lo lleva a un costado. Lo mira. Le saca la plata de la mano y se la guarda en un bolsillo de la camisa que cierra.

OSVALDO—Vos acá tenés la casa de ese tío tuyo que vive solo, ¿no? *(Silencio.)* Además, le prometiste que ibas a buscar tres trabajos, si era necesario. Decime, ¿qué futuro les espera? *(Silencio.)* ¿Vos la querés?

GERARDO—*(Lo mira fijo a los ojos, intensamente.)* Mucho.

OSVALDO—Yo también, y no quiero que sufra más. Ya está de cuatro meses. *(Pausa. Duda de*

nuevo.) Podría ir con vos perfectamente en avión...
Llegan a la frontera y ahí preguntan. Por la comu-
nidad.

GERARDO—¿En qué idioma?

OSVALDO—¡Allá te van a entender! Más si vas
con una mujer... que va a tener un chico. Un chico.
Se aleja, confundido. Gerardo lo sigue.

GERARDO—Vos sabés muchos idiomas, Osvaldo.

OSVALDO—Qué carajo importa ahora cuántos
idiomas yo sé...

GERARDO—Podrías ganar mucha plata si qui-
sieras...

OSVALDO—¿Plata? ¿Quién habla de plata, ahora? *(Se da vuelta. Le agarra la muñeca. Su mirada
candorosa lo frena.)* Vos también estás metido hasta acá en esto. Hace un año que te fuiste de tu casa,
dejaste tus estudios. Vas a tener un chico... porque
si no es tuyo puede serlo...

GERARDO—Y hace un mes que me levanto todos los días a las seis. ¿Te dije? Respiro, oigo los
ruidos. Releo las últimas líneas del libro que estu-
ve leyendo la noche anterior. Espero. Alguien tiene
que venir a buscarme, me digo. Espero. Tengo ganas
de salir a correr alrededor de la manzana. Pero no
me muevo. ¿Y si vienen cuando no estoy para de-
cirme: "hay un lugar que te está esperando donde
vas a poder ser alguien"? ¡Tengo veinte años...!
Estoy preparado... Para hacer algo. *(Lo agarra.)* Yo
quiero ir a ese lugar que me dijiste. ¿Existe...? Y si
existe, ¿cómo llego sin vos...?

OSVALDO—*(Se aleja.)* Te arruiné... No tenía
que haberte contado nada...

GERARDO—¿Te creés que sos el único? ¡Estamos rodeados de gente que espera como yo! ¡Osvaldo...! ¿Te olvidaste...? *(Recita.)* "Nosotros somos

dos muchachos unidos que vamos siempre juntos".

OSVALDO—Walt Whitman.

GERARDO—"Que vamos por todos los caminos, organizando excursiones hacia el norte y hacia el sur".

OSVALDO—*(Sigue.)* "Que gozamos de nuestra fuerza, codo contra codo, cerrando nuestros puños...".

GERARDO—Vos me la enseñaste, Osvaldo.

Aparece Ana y los mira.

OSVALDO—"Que armados e intrépidos, comemos, tomamos, dormimos, amamos"...

GERARDO—"Que no obedecemos otra ley que la nuestra, y por eso navegamos, fanfarroneamos, robamos, amenazamos...".

ANA—*(Avanza, intenta, tímidamente, unirse.)* "...A los avaros, a los hombres serviles, a los sacerdotes...".

OSVALDO—*(Ríe, mueve los pies.)* "¡Que respiramos aire, tomamos agua, y bailamos sobre el pasto de la playa junto al mar!".

Gerardo baila frenéticamente como él.

GERARDO—"¡Bailamos sobre el pasto de la playa junto al mar!".

OSVALDO—*(Extiende una mano hacia Ana, invitándola a sumarse.)* "¡Allons! ¡Quién quiera que seas, ven, viaja conmigo! *(Ana ríe, con una juventud que no le habíamos visto nunca, y se suma al baile.)* Que viajando conmigo encontrarás lo que nunca cansa. La tierra no se cansa nunca"...

ANA—*(Bailando, recita.)* "Sacudimos las ciudades, nos burlamos del confort, nos mofamos de las leyes, perseguimos toda clase de debilidad...".

Se ríe, mientras Osvaldo se la pasa a Gerardo.

GERARDO—*(Abre los brazos y grita.)* " ¡Esta es la mujer que me espera!".

OSVALDO—" ¡Es la mujer que contiene todas las cosas! ¡Nada le falta!".

Ana ríe, halagada. De pronto no puede seguir bailando por el chico. Los dos hombres siguen, sin darse cuenta.

GERARDO—" ¡No te desanimes! ¡Persevera! ¡Hay cosas divinas encubiertas!".

OSVALDO—" ¡Te lo juro! Son tan divinas, tan hermosas, que mis palabras no pueden expresarlas".

Ríen los dos. Gerardo toma el planeador y lo tira al aire. Los dos miran su vuelo y su caída. Se alejan así, desatienden a Ana, que furiosa se golpea el vientre con los puños.

ANA—¿Quieren bailar? ¿Quieren bailar? Entonces, me lo saco.

VIEJA 1—*(Adivinándole la intención.)* ¡No...!

ANA—Lo voy a matar. Lo voy a matar. *(En un ataque, agarra y se pega en la panza con un bolso, con una olla, con lo que encuentra.)*

VIEJA 3—No, figlia mía. No. ¿Qué fai...?

ANA— ¡Lo quiero matar! ¡Matar, matar!

VIEJA 1— ¡No!

VIEJAS 1-3—*(Rodeándola.)* ¡No! ¡No!

ANA—¡Sí! ¡Síííííí...!

De pronto toma conciencia de que está rodeada por extrañas mujeres y cae al suelo.

ANA—*(Protegiéndose con una mano.)* ¿Quiénes son ustedes?

LAS VIEJAS— ¡Un hijo es un hijo! ¡Un hijo tiene que nacer! ¡Hay que hacer justicia! ¡Alguna vez tiene que haber justicia!

ANA—¿Qué quieren?

LAS VIEJAS—Figliola... ¡St! Todo. Y nada.

ANA— ¡Déjenme!

VIEJA 1—Tenés que vivir.

VIEJA 2—Para hacerlo nacer... ¿oís?

VIEJA 3—Anche vivere... crecere...

Ana grita a más no poder.

ANA— ¡Ahhh...! ¡Déjenme! ¡Socorro!

OSVALDO—*(Viene corriendo, seguido de Gerardo.)* ¿Qué pasa?

ANA— ¡Tengo miedo, Osvaldo! *(Se cuelga de él.)*

OSVALDO—¿Quiénes son estas viejas?

VIEJA 2— ¡Sálvenme! ¡Sálvenme!

Las viejas los acosan.

GERARDO— ¡Salgan de acá! ¡Rajen! *(Empieza a tirarles cosas.)*

VIEJA 3— ¡Figliolo...!

OSVALDO— ¡Fuera! ¡Fuera! ¡No tengo plata para dar limosna!

Empieza a sacudir en el aire el piloto de Ana. Las viejas desaparecen, perseguidas por Gerardo que les sigue tirando cosas de las que han traído. Queda Ana en el suelo, respirando agitada, temblando, muy asustada. Osvaldo, también muy nervioso, se acerca y se arrodilla junto a ella. Anochece.

ANA—*(Lo abraza con fuerza.)* Ay, Osvaldo, qué fue eso...

OSVALDO—No sé.

ANA—¿Vos viste? ¿Viste también?

Ana llora en su cuello desconsoladamente. El la palmea, pensativo. Vuelve Gerardo y los mira. También tiene una expresión asustada. Cuelga algo de su mano. Osvaldo lo ve. Anochece más.

OSVALDO—¿Qué encontraste? *(Gerardo no responde.)* ¡Gerardo!

GERARDO—¿Eh? No sé. *(Lo mira.)* Lo encontré en el bosque. *(Osvaldo se lo saca de la mano.)*

OSVALDO—Un pedazo de una vieja lanza. Parece de verdad.

Buscan alrededor. Encuentran el túmulo. Osvaldo lo recorre con los dedos.

Fijate si hay algo escrito.

GERARDO—*(Se agacha. Lee.)* Escorzo, Francisco, Benavídez, Carlos, Zanaya, Miguel, Efevalo, Amadeo, Biuché, Jacques, Katloff, Isaac, Paletti, Federico... Siguen los nombres. Por todos lados. No terminan más.

OSVALDO—Es un túmulo.

GERARDO—¿Un qué?

OSVALDO—Un monumento funerario.

GERARDO—*(Silencio. Escarba.)* ¡Siguen los nombres! La tierra tapó el túmulo. Debe ser más grande.

OSVALDO—Acá hubo una batalla. *(Examina la lanza.)*

GERARDO—¿Una batalla de qué?

OSVALDO—Qué sé yo. Hubo tantas.

ANA—El aire está cargado todavía.

GERARDO—*(Ríe, nervioso. Le saca la lanza.)* ¡La encontré yo! Cuando lo cuente... *(Juega con ella. Hace como que reparte golpes. Se pelea con enemigos imaginarios.)* ¡Fa! ¡Fa! ¡Ah! ¡Oh...!

ANA—Osvaldo... *(Osvaldo se acerca. Ella extiende una mano. Se la toma.)* Esas viejas... me agarraban. ¡Tenían las manos heladas! *(Osvaldo asiente, callado.)*

OSVALDO—Esos muertos. Todos esos muertos. Hay cientos, miles, diseminados por todas partes. Ahora los frutos que crecen son éstos. Negros cáctus, que la tierra tapa poco a poco.

ANA—*(Se agarra la panza.)* Osvaldo, yo no me

siento bien.

OSVALDO—*(La ayuda a sentarse. Con cuidado la apoya sobre su pecho y pliega el piloto. Lo pone como almohada y le recuesta delicadamente la cabeza.)* ¡Gerardo!

GERARDO—¿Sí?

OSVALDO—Preparemos un fuego.

GERARDO—¿Vamos a pasar la noche en este lugar?

OSVALDO—¿Y a dónde vamos a ir a esta hora? ¿A quién vamos a preguntar por dónde queda el camino?

Silencio. Ana llora.

GERARDO—Ya no debe haber más micros.

OSVALDO—Andá, buscá unas ramitas.

Gerardo mira a Ana; deja el pedazo de lanza y va al bosque con cautela. Osvaldo recoge las cosas dispersas. Alza el planeador.

GERARDO—*(Ríe.)* ¡En la era espacial, y nosotros jugando con un planeador en un lugar como éste!

OSVALDO—Cada uno remonta lo que puede.

Osvaldo deja el planeador junto a la panza de Ana, que sigue recostada mirándolo fijo. Gerardo vuelve con ramitas. Osvaldo va a ayudarle a prender fuego. Las viejas vuelven lentamente. Arrastrándose.

VIEJA 1—¿Lo mató?

VIEJA 2—No, descansa.

VIEJA 3—*(Va a Gerardo.)* Figliolo. Tu sei il mio figliolo.

Osvaldo cambia una mirada con Gerardo y después otra con Ana. Siguen haciendo lo que estaban haciendo.

VIEJA 1—Con ese padre, va a ser un chico muy robusto.

VIEJA 3—*(A Gerardo.)* Tu sei bello... jovanotto... varonile...

VIEJA 2—¿No lo va a querer perder?

VIEJA 1—No la vamos a dejar. Tenemos toda la noche para impedírselo.

VIEJA 2—*(Mira celosa a la Vieja 3. Después, mira a Osvaldo con admiración.)* ¿No se parece a mi Abel...?

VIEJA 1—Todos son tus hijos, Rosa.

VIEJA 2—*(Se acerca a Osvaldo, que sigue ayudando a Gerardo. Le cuesta decírselo.)* Hijo. Hijo mío. *(Quiere acariciarlo pero no se anima.)*

OSVALDO—*(Crispado.)* ¡Déjeme tranquilo!

VIEJA 1—No la rechaces, hijo. No la rechaces.
El fuego empieza a arder.

ANA—*(Respira hondo, comprimiendo su panza.)* Osvaldo, me siento mal.

VIEJA 3—Figliolo... Berto. Bertito mío.

GERARDO—*(Intentando ser cortés.)* No sé de qué me habla, señora.

VIEJA 1—*(Se acerca a Ana. Le sonríe.)* Ya te lo digo, vas a tener un hijo grande y fuerte. No dejes nunca que se te aleje mucho.

ANA—Váyase, por favor...

VIEJA 1—Y también es lindo que el padre lo vea crecer... y le enseñe... a andar a caballo... a escribir su nombre... Ser valiente... *(Empieza a llorar, a pesar suyo.)* Cuando mi Francisco se fue... me lo dejó. Y yo crié al hijo de mi hijo Francisco...
Silencio. La Vieja 2 busca la mirada de Osvaldo y le sonríe.

VIEJA 2—¿Te comiste el queso que te puse en tu mochila? ¿Le diste a tus compañeros? *(Ríe.)* ¿Les gustó?

OSVALDO—Sí, mucho.

VIEJA 2—Hay más. *(Va y abre un bolso de los muchachos.)* Hay más. ¡Hay más! ¡Yo hice mucho! *(Saca un queso y se pone a cortarlo.)*

VIEJA 3—*(A Gerardo.)* ¿Por qué no te pone la vesta? ¿No ve que fa freddo?

Gerardo mira desesperanzado a Osvaldo.

OSVALDO—Dice que te abrigués que refrescó.

VIEJA 3— ¡Eco! ¡Eco! *(Va hasta donde están las cosas. Toma el saco de Gerardo y vuelve. Lo ayuda a ponérselo.)*

VIEJA 1—*(A Ana.)* Ya era vieja pero igual se lo crié... Y el nene salió fuerte como mi Francisco. Y yo siempre le hablé de su padre. Le dije que era grande y bueno... Y que iba a volver. Sobre todo eso. Que un día iba a volver.

VIEJA 2—*(Se tira al suelo. Toma un tobillo de Osvaldo y lo examina.)* ¿Y la bota? ¿Le dijiste al sargento que rengueás desde que naciste? ¿O no me hiciste caso?

Osvaldo quiere dar un paso pero arrastra a la Vieja 2.

OSVALDO—Yo no soy su hijo.

VIEJA 1—*(A Ana.)* Y querés creer... el mocoso, ¡ahora no sé dónde está! Cuando mi Francisco vuelva y me pregunte por él, ¿qué le voy a decir? ¿Eh...?

Extiende una mano buscando consuelo. Ana no puede menos que tomarla.

GERARDO—*(Después de tragar con dificultad.)* ¿Quién es usted, señora?

VIEJA 3— ¡Schú! ¡Schú! *(Se pone el índice en los labios.)* Vieni, siediti cui. Vicino al fuoco. *(Gerardo vacila. Ella salta.)* ¡Cui! ¡Cui! *(Gerardo se sienta donde ella dice. La Vieja 3 se ríe, contenta.)*

Eco. Cui fa caldo, ¿eh...? *(Lo besa, feliz. Gerardo se pasa la mano por la mejilla, atontado.)*

VIEJA 2—*(Llora.)* No lleva bota. No es mi Abel... No es... no es...

VIEJA 1—*(Sacude la cabeza.)* Los hombres vienen y van... No hacen caso a lo que una les dice... Y un día aparecen otros y se los llevan...

VIEJA 2—No es mi Abel... No es mi Abel...

OSVALDO—*(Se pone de cuclillas y la mira.)* Yo... yo soy su Abel.

VIEJA 2—¿Eh...?

OSVALDO—No llore más. Por favor.

GERARDO—*(A Vieja 3.)* ¿Su hijo murió aquí? ¿En la batalla? *(La Vieja 3 lo mira embobada.)* Su nombre, ¿está ahí escrito?

VIEJA 3—¿Qué cosa dice? ¡Eleonora!

VIEJA 1—Creemos que sí. Aunque también puede ser que no. Esperamos. Por este camino se fueron. Por acá tienen que volver. No estamos muy lejos de donde los criamos. Pensamos que de eso no se pueden olvidar.

ANA—Osvaldo, ¿qué vamos a hacer?

Suelta a la Vieja 1 y se para. Osvaldo hace lo mismo. Su vieja expresión terca vuelve a su cara.

OSVALDO—Sin embargo, mi vieja no era de aquí.

VIEJA 3—Anche noi siamo d'altre parte... Vicine... lontane...

OSVALDO—¡Mi vieja no nació aquí!

VIEJA 2—¿Pero murió aquí?

OSVALDO—¿Por qué me lo pregunta?

VIEJA 1—Tu tierra es tu tumba.

VIEJA 2—¿Murió aquí? ¿Igual que Assunta, que Eleonora, que yo?

OSVALDO—¡Qué me quieren decir con eso!

VIEJA 1—Hay miles de viejas que vagan por los campos, hablando tantos idiomas...

OSVALDO— ¡No me importa!

VIEJA 3—Mile. Dieci mile. Cento mile.

VIEJA 2—Todas con las mismas preguntas.

Ana se cobija en el pecho de Osvaldo, que la aprieta contra sí.

OSVALDO—Bueno, ¿qué quieren?

VIEJA 1—¿Qué puede pedir una madre a su hijo...?

OSVALDO— ¡Digan la verdad! ¡Qué quieren de nosotros!

Gerardo se acerca lentamente a Osvaldo y Ana. Los tres forman un grupo.

VIEJA 2—*(Tímida.)* Que tiren la moneda.

VIEJA 3— ¡Eso! Que tireno la moneda.

GERARDO—*(A Osvaldo.)* ¿Qué echemos suertes? ¿A ver quién va a la tierra prometida?

VIEJA 1—*(Le sonríe.)* No, que tiren la moneda.

VIEJA 2— ¡Que tiren la moneda lejos!

VIEJA 3—*(Con gestos.)* ¡Lecos! ¡Lecos! ¡Lecos!

VIEJA 1—Ayúdenme a encontrar Francisco... *(Dulce.)* Ayúdenme... ayúdenme... Esta es una tierra castigada...

VIEJA 3—*(Cruza los brazos en el pecho y camina de un lado a otro mirando hacia arriba.)* ¡Oh, oh, oh! ¡La terra promessa! ¡Oh, oh! Lette e miele... lette e miele per tutti... ¡Oh! ¡Lette e miele!

De pronto Osvaldo se empieza a reír.

OSVALDO—Esos muertos... cientos de muertos... *(Se quiere ir, Ana lo detiene.)* No, yo me voy. Yo me voy. ¡Yo me voy!

ANA—¿Con quién?

GERARDO—No somos tres, sino cuatro.

ANA—Y hay plata para dos.

GERARDO—No somos cuatro, somos más.

OSVALDO—¿Ah, sí? ¿Y por qué?

GERARDO—¿Y tus alumnos? ¿Y los que leen las notas que escribís? Te los vas a tener que llevar a todos si te vas. Los vas a necesitar allá... Si no, no vas a poder dormir, Osvaldo. ¡No vas a poder dormir!

Osvaldo ríe entrecortadamente. Las viejas esperan, con paciencia.

OSVALDO—¡Incrédulos! ¡Siempre dudando! Bueno, está bien. Tieremos la moneda. *(La saca del bolsillo.)* Si sale cara, te vas vos con él.

ANA—¿Y vos?

GERARDO—Entonces, ¿vamos a separarnos?

OSVALDO—¡Jueguen! ¡La vida se va! *(Pausa.)* ¿Y si sale seca?

ANA—*(A Gerardo.)* Te vas vos con él.

GERARDO—¿Y vos?

OSVALDO—¡Estamos hablando del futuro! ¡De una vida plena! *(Tira la moneda. Las viejas gimen.)* ¡Cara!

GERARDO—El con vos.

ANA—¡No, vos con él!

OSVALDO—¿Son dos pasajes y se están negando? ¿Saben cuántos quisieran estar en su lugar? *(La tira de nuevo con furia. Las viejas gimen.)* ¡Seca!

ANA—Ustedes.

GERARDO—¡Yo no! *(Le agarra la cara a Osvaldo y le señala a las viejas.)* Somos más... cada vez más...

OSVALDO—*(Se lo saca de encima.)* ¡Ya vendí todo!

Tira la moneda. Los tres se precipitan, mientras las viejas se mueven, rodeándolos.

OSVALDO— ¡Cara!

GERARDO— ¡No, seca!

ANA—¿Los tres qué podemos hacer?

GERARDO— ¡Si nos vamos nos tenemos que ir todos! ¡Todos! ¡Todos...!

OSVALDO— ¡Hay que irse sin mirar atrás! ¡Hay que irse sin mirar atrás...! *(Quiere salir pero las viejas forman como un cerco, con las manos extendidas, suplicando ayuda. Osvaldo las recorre sin poder atravesarlas repitiendo lo mismo. Lo agarran, lo retienen, hasta que no puede más. Grita y tira la moneda lejos.)* ¡La puta que lo parió! ¡A mí nadie me da órdenes! Y menos un muerto. ¡Y menos un muerto! Mi vida la decido yo. Mi vida la decido yo, ¿oyeron? ¡Mi vida es mi vida! *(De pronto se arrodilla. Se tapa la cara con las manos y se pone a llorar.)* Mi vida... mi vida está perdida...

Ana y Gerardo se quedan junto a él, con la cabeza agachada. Las Viejas 2 y 3 hacen señas a la 1, que les dice que no hay que hacer nada.

VIEJA 1—Están cansados. Muy cansados.

VIEJA 3— ¡A dormire! ¡E l'hora de dormire!

Va de un lado a otro preparando tres lugares para dormir.

VIEJA 2—Hay que dormir bien, para trabajar bien al otro día.

VIEJA 3— ¡Figliolo! ¡Berto! Tu, cui. Vicino al fuoco. *(Gerardo obedece. Se tumba pesadamende, de costado, donde ella le dice, y no se mueve más.)* ¡Eco! ¡Eco! *(Lo arropa.)*

VIEJA 2—*(A Osvaldo, que ha dejado de llorar y no se mueve.)* Tomá. Comé. Pan y queso. Comé, Abel. Seguro que tenés hambre.

GERARDO—*(Durmiéndose, abrazado a la lanza*

como un chico.) Osvaldo... hay que empezar de vuelta... hay que empezar de vuelta...
Osvaldo no se mueve. Ana mira a la Vieja 1.

ANA—Antes no era así. Estaba lleno... de vida. Hacía cosas. Muchas cosas. *(Osvaldo la mira. Ella, a Vieja 1.)* Esto que pasó aquí... es un milagro. Yo quiero hacerle una promesa.

VIEJA 1—No quiero más promesas.

ANA—*(Asiente.)* Entonces... ¿puedo darle un beso antes que se vaya?

VIEJA 1—Gracias.

Se dan un beso en la boca.

VIEJA 3—*(Caminando.)* ¡Mañana hay que levantarse temprano! ¡Con el sole! ¡E una sonrisa! Perque tienen mucho que hacere...

Va riéndose de un lado a otro, Gerardo ya duerme. Recuesta a Ana y la arropa, cantándole su vieja canción de cuna que ya le conocemos. Osvaldo descubre que la Vieja 2 está todavía junto a él, ofreciéndole el pan, el queso. Lo toma de su mano, con una sonrisa de agradecimiento.

OSVALDO—Gracias, vieja.

La Vieja 2 se levanta, se sacude las manos, con expresión de misión cumplida. La Vieja 1 retrocede un paso hacia el lugar de donde vinieron. Las Viejas 2 y 3 se toman de la mano, retroceden.

VIEJAS 2-3—Chau, chau, chau, chau...

Ana ya duerme, las manos y los pies extendidos, con ese vientre que ahora está más grande que nunca. Las Viejas 2 y 3 se quieren llevar a la 1, pero ésta sacude la cabeza. Queda sola, a un costado del escenario, erguida.

OSVALDO—*(Se agarra del pan, musita mientras come, solloza.)* Leche y miel, leche y miel... Si pudiera...

VIEJA 1—*(Avanza. Mira hacia el camino. Para sí.)*
Me parece que esta noche ya no vuelven.

Telón

RICARDO MONTI

Ricardo Monti nació en Buenos Aires en 1944. Comienza su carrera en los cursos de interpretación de Nuevo Teatro y Fray Mocho, pero abandona el intento de ser actor y en 1970 produce su primera obra como dramaturgo, *Una noche con el señor Magnus e hijos*, estrenada por el grupo Laboratorio. En 1971, cuando escribe *Historia tendenciosa de la clase media argentina, de los extraños sucesos en que se vieron envueltos algunos hombres públicos, su compleja dilucidación y otras escandalosas revelaciones*, se une al grupo del teatro Payró, con el que trabaja en la integración de elementos de la improvisación en el texto. A partir de esta experiencia seguirá trabajando con Jaime Kogan, director del Payró.

Durante los años '73 y '74, realiza como guionista versiones cinematográficas de "Copsi", "Saverio el cruel" e "Informe para ciegos".

En 1977, la obra *Visita* le vale el premio Carlos Arniche en España, lo que le abre el ámbito internacional. En 1980 produce su obra *Marathon*, emparentada de una manera externa con la novela *¿Acaso no matan a los caballos?* de Horace McCoy y la obra *Baile de ilusiones*. Considerada por su autor una "metáfora teatral" en la que a través de la anécdota del campeonato de baile se intenta revelar una realidad en la que se mezclan la historia y los sueños; uno de los elementos más interesantes de la pieza es que refleja la preocupación de Monti con el "espectáculo social". Y esto podría decirse de toda la obra del dramaturgo. Monti podría ser

considerado uno de los seguidores más sutiles de
la tradición del teatro-circo, no porque las puestas
en escena sean circenses, sino por el estilo y la visión de mundo resultantes de sus obras.

La cortina de abalorios, alegoría en un acto, plasma
la situación político-social argentina (y por qué no
latinoaméricana), en un prostíbulo donde el patrón
Pezuela juega a las cartas empréstitos y tierras con
el oficial de la marina inglesa Popham mientras son
atendidos por Mamá, una madama en decadencia y
el Mozo, personaje popular que durante toda la obra
recibe las puñaladas y balazos de los otros. En la
línea del grotesco, con tonos circenses, la obra juega
con tiempos y espacios en una especie de ritual en
el que Monti trata de expresar su obsesión con la
historia nacional.

RICARDO MONTI

LA CORTINA DE ABALORIOS

La cortina de abalorios

LA CORTINA DE ABALORIOS

Director: **Juan Cosin**
Asistente: **Carlos Sturze**
Músico: **Rodolfo Mederos**
Escenógrafo: **Jorge Sarudiansky**
Vestuarista: **Mene Arnó**

Mozo. . . . .**Patricio Contreras**
Mamá . . . .**Cipė Lincovsky**
Bebe Pezuela. . . . .**Juan Manuel Tenuta**
Popham. . . . .**Oscar Boccia**

Fantasmal y polvoriento prostíbulo de fines de siglo XIX. A foro una cortina de abalorios. Mesas cubiertas por manteles apolillados, destartaladas sillas vienesas. Un gran espejo de pie, de marco ovalado. Un cráneo de vaca.

Desplomado sobre una de las sillas, el Mozo dormita. Es una figura pequeña, triste, tensa. La bandeja se le resbala de las rodillas, pero cuando está a punto de caérsele, él la retiene sin despertarse, como si aún dormido algo en él estuviera alerta. Mamá traspone bruscamente la cortina. Es una madama ajada y enorme. Su rostro, recargado de maquillaje, tiene algo de máscara siniestra.

MAMA—¡Ah, estás aquí! ¡Vago y mal entretenue! ¡Allez! *(Le pega un coscorrón y se dirige con pasos rápidos hacia el espejo. Examina detenidamente su rostro, sus arrugas, sin dejar de dar órdenes al Mozo. Este se ha levantado de un salto con el coscorrón, y se mueve en forma automática y disparatada, con los ojos muy abiertos.)* ¡Viene el patrón! ¿Qu'est que tu fais? ¡Mirá el espejo! ¡Tout roñós! ¡Es un burdel de lujo íci! ¡Des boissons! ¡Lumière! ¡Le patrón qui vient! ¡Ne comprends pas! ¡Bueno, assez! Dije que assez, imbecile, basta. *(El Mozo se detiene bruscamente, como si se le hubiera roto un mecanismo.)* ¿Para qué te hablaré en francés si no entendés un carajo? *(Se desploma en una silla.)* ¡Ajenjo! *(El Mozo desaparece velozmente tras la cortina. Breve pausa.)* Qué haré yo aquí, mon Dieu... En este lugar sórdido, que je deteste... Entre bárbaros incultos... Recalada en la pampa, *(Se rasca la cabeza.)* devorada por los piojos... Este desierto con olor a bosta... ¡Ah, qué tedio, mon Dieu! *(Echa una mirada furtiva a su tedio en el espejo. Breve pausa lánguida. Estudiando sus gestos en el espejo,*

*Mamá saca una larga boquilla y un cigarrillo del
escote. Sale de la cortina el Mozo velozmente. Trae
en la bandeja una botella y una copa. Mamá le señala el cigarrillo.)* ¡Feu! *(El Mozo deja todo en la
mesa, y le prende el cigarrillo. Ella aspira honda-
mente. El Mozo comienza a servir, pero la botella
está ostensiblemente vacía. Pese a todos sus esfuerzos apenas logra verter una gota. Mamá lo mira con
enorme fastidio hasta que por fin le arrebata la copa con un bifido impaciente. Traga ávidamente la
gotita, lame el vidrio: queda insatisfecha. Mira su
insatisfacción en el espejo.)* La carne es triste, ay,
y yo he leído todos los libros. *(Breve pausa. Tiende
la copa al Mozo.)* Mallarmé. *(El Mozo reanuda sus
esfuerzos.)* ¡Vaciada! ¡Devorada! Yo que he visto
mis petits pieds embalsamados en raso deslizándose
en el brillo opaco de los mármoles... Suspendida en
el tumulto leve de los susurros... Mis blancos pechos
agitados, aleteando en los salones... *(Transición
brusca.)* ¡Corrida por los perros! ¡Sí, corrida por
los perros! ¡A dentelladas! ¡En la mitad de la noche! *(Patética, al Mozo.)* Les gouau-gouaus, ¿com-
prenez-vous? ¡Fugitiva de la Revolución Francesa!
¡Emigrée! *(Como una imprecación trágica.)* ¡Mer-
de! Yo, que en los mejores escenarios de la Europa
he cincelado los sonoros versos de Cor... *(Vacila.)*
¡De Cornuá! *(Le hace al Mozo un gesto imperativo
y señorial.)* ¡A genoux! *(El Mozo se deja caer de
rodillas lentamente.)* Te voy a revelar quien soy...
(Se abre de piernas y se señala el sexo.) ¿Sabés qué
es esto? *(Breve pausa.)* Un museo. Digamos un museo de la imaginación... Observá con cuidado, no
cualquiera se mira en este espejo. Acá podrías hojear las páginas más brillantes de la historia univer-
sal... Estás ante un libro abierto... Acá está la subs-

tancia... El tout... Lo absoluto... ¿Soy clara? Otra comparación: un escenario. Los pliegues del telón se separan, los protagonistas saltan a las tablas, una pirueta, se hunden en las sombras, telón, se abren de nuevo los pliegues, y así infinitamente... ¿Soy clara? Un pestañeo, plin, salta el bueno de Richelieu: pestañeo, plin, los Luises, premiére, deuxiéme, troisiéme... ¡Plin! ¿Entendés ahora? *(Pausa. Examina el rostro inexpresivo del Mozo. Concluye.)* No. *(Transición brusca.)* ¡Yo he sido inspiración de los grandes! ¡Les plus grandes de l'Histoire! Y vos sos muy pequeño para estar ahí, frente a mí, y gozar el privilegio de mirarme... ¡La vista abajo! *(El Mozo obedece.)* Segunda lección, acercate... *(El Mozo intenta incorporarse.)* ¡Arrodillado! *(El Mozo se acerca de rodillas.)* ¡Ahí! *(Pausa. Lo mira jadeante.)* ¿Sabés qué es lo que brilla en el fondo? Un diamante... No un diamante común, eh. No podrías mirarlo, mestizo, porque te quemaría los ojos. Después no hay nada más. La vie eternelle... Todo lo que desées, el infinito placer... *(Breve pausa. De un golpecito en el mentón, Mamá le hace levantar la cabeza. Lo mira con curiosidad.)* ¿No vas a hablar nunca? ¿Ni siquiera cuando te lo ordene? ¡Te ordeno que me desées, carajo! *(Pausa.)* ¿Y si yo te matara? *(Extiende hacia el cuello de él sus blancas y flacas manos crispadas, cuajadas de anillos, con las uñas puntiagudas, larguísimas, pintadas. Una mueca feroz desfigura su rostro. Susurra.)* Carne oscura, qué fácil sería para mí henderte... *(Araña suavemente el cuello del Mozo. Jadea.)* ¿Te dejás? *(Breve pausa. Le tira del pelo.)* ¡Ah, tu m'enerves! *(Acerca la mano libre a la cara del Mozo.)* ¡Con la punta de la lengua, la yema de los dedos! *(El roza la yema de sus dedos con la punta de la lengua.*

Apenas lo hace, ella le pega una bofetada.) ¡Assez!
(Se limpia los dedos.) Estás húmedo, asqueroso,
¡húmedo y caliente! ¡Qué asco! Me moriría si pudiera... *(Pausa. Jadea.)* ¿Me lamerías? *(Se sacude de
asco ante su propia idea.)* Ah, cómo puedo... ¡Regardes moi! ¿Quién sos? Estás ahí, carne que sueña,
esperando... ¿Esperando qué? ¿Cuál es tu deseo?
¡Regardes moi! ¿No existo, no? Estoy muerta. ¡Lo
sabías, perro! ¡Por eso estás ahí, sin temblar!
¡Lleno! ¡Regardes moi! ¡La cara, ahora! ¡Los ojos!
¿Están vacíos, no? ¡Las arrugas! ¡Las venas! ¿Están secas, no? ¡Y no me mires así! ¡No me mires
así! *(Breve pausa. Fractura.)* Cuarta lección, ¿qué
es esto? *(Con una furia lenta apoya el taco de su
zapato en la cara del Mozo. Luego de una breve
pausa se lo incrusta con un golpe seco. El Mozo cae
de espaldas. Mamá parece haber logrado un súbito
alivio.)* Así es, m'hijito, del cielo al infierno. Eso
soy yo. *(Se levanta indiferente.)* ¿Te lastimé? *(El
Mozo tiene la cara ensangrentada.)* Bueno, bueno,
había resultado medio flojo... A ver... *(Saca un pañuelo del escote y se monta a horcajadas sobre el
cuerpo del Mozo.)* Quieto... ¿Peso? *(Con una punta
del pañuelito toca apenas la sangre. Inmediatamente
la observa con atención, la huele, la prueba.)* Sí, es
sangre... ¡Pero querido, no había que exagerar!
*Juega riendo con el cuerpo yacente del Mozo. Le
hace cosquillas. Finalmente empieza a desabrochar-
le la bragueta.*
    PEZUELA—*(Fuera.)* ¡Ave María purísima!
    MAMA—*(Con un gritito y llevándose una mano
a la boca.)* ¡Ah, mon mari! *(En falsete y automáti-
camente, responde.)* ¡Sin pecado concebida! *(Se
levanta y patea al Mozo.)* ¡El patrón!
Se compone velozmente. Entra Pezuela. Tiene la

*chaqueta mojada, las botas embarradas, manchas
de sangre reseca. Mamá se dirige hacia él sonriendo
y con ambos brazos extendidos hacia adelante, con
dignidad de gran dama.*

MAMA— ¡Mon cher ami! ¿Llueve?

PEZUELA—Sangre.

*Pezuela no responde al recibimiento de Mamá sino
que se dirige frente al espejo.*

MAMA—¿Carneando?

PEZUELA—Indios.

*Saca de su chaqueta un objeto envuelto en un pa-
ñuelo y se lo tira. Mamá lo caza al vuelo y lo observa.*

MAMA—¿Erecto?

PEZUELA—Rigor mortis.

Mamá guarda el objeto dentro de su escote.

PEZUELA—*(Al Mozo, seco.)* Botas. *(Se desploma en una silla. El Mozo corre a sus pies y comienza a
sacarle las botas. Pezuela a Mamá, con un guiño.)*
Tendría que haber estado.

MAMA—*(Elegante.)* Ah non, je m'excuse. Son
emociones demasiado fuertes para una dama.

Pezuela le levanta el rostro al Mozo con un pie.

PEZUELA—*(Por la sangre.)* ¿Qué es eso? ¿Manchas de rouge?

MAMA—*(Nerviosa.)* ¿Una copita, mon cher ami?

PEZUELA—Gracias, Mamá. *(Repentinamente se
inclina y huele al mozo.)* ¿Usa perfume este hombre?

MAMA—*(Acercándose con una copita.)* Cómo se
le ocurre, mon cher ami, seré yo.

*Se inclina insinuamente hacia él, con la bata entrea-
bierta.*

PEZUELA—No hay como el olor del campo,
querida, la ciudad marea.

MAMA—Descanse de sus fatigas, amigo mío, recline su cabeza entre mis pechos. Ha sido una larga jornada.

PEZUELA—Gracias.

MAMA—*(Tiene el pelo de Pezuela muy cerca de la nariz. No puede reprimir las ganas de olerlo.)* ¿Brillantina? *(Y mira su postura en el espejo.)*

Pezuela le tiende la copa al Mozo.

PEZUELA—No me gusta esto. Ginebra.

Mamá chasquea los dedos. El Mozo sale velozmente. Pezuela hace girar a Mamá muy rápidamente y la sienta sobre sus rodillas.

PEZUELA—Necesito su ayuda, Mamá.

MAMA—Pero Bebé, todavía no es fin de mes... Además los clientes regatean. ¡Il n'y a pas d'argent!

PEZUELA—¿Quién habla de regatear? ¿Conoce al inglés?

MAMA—¡Ah, gente disagréable!

Pezuela hace gesto de dinero con una mano.

PEZUELA—Libras.

MAMA—*(Conocedora.)* Hm. *(Por el Mozo, que entra.)* ¡En garde, mon ami!

Se levanta rápidamente, como si tratara de disimular y se dirige al espejo. Pezuela vuelve a abandonarse sobre la silla. El Mozo trae una botella de ginebra y un vaso. Comienza a verter la bebida, pero por más que se esfuerza sólo cae una gota.

PEZUELA—*(Entretanto a Mamá.)* Usted seguramente no se imagina el espectáculo. Hay que sentir el aire frío, el galope... La polvareda es tan grande que se hace noche... La tierra retumba... Y en la oscuridad, en medio del tumulto y los alaridos y los relinchos, uno entiende el infierno. *(Pausa. Pezuela mira en silencio al Mozo, que le tiende el vaso. Súbitamente le grita.)* ¡Al menos podrías abrocharte bien la bragueta, animal!

El Mozo hace denodados esfuerzos para abrocharse bien la bragueta con la mano libre.

PEZUELA—*(A Mamá.)* ¿Sabe cuántas leguas me hice en el mes? *(Sin transición.)* Disculpe la indiscreción, señora, pero ¿este hombre abusó de su confianza?

MAMA—*(Remilgada.)* Mucho me temo que sí, mon cher ami.

PEZUELA—*(Mientras se va incorporando, mundano.)* ¿Sabe lo que se siente, señora, cuando la tierra que pisamos es nuestra? Quiero decir, ¿Cuando corremos la tierra, y hasta más allá del horizonte es nuestra? Es una borrachera, señora. Algo parecido a la inmortalidad...

Entretanto ha tomado la copa que aún le tiende el Mozo, con delicadeza. Y al terminar de hablar, con un movimiento relampagueante saca un cuchillo de su costado y se lo clava al Mozo. Luego de un momento de inmovilidad y sorpresa, el Mozo se tiende hacia adelante y aferra el cuchillo como para no desprenderse de él, con una furia ciega. Pezuela tiene que hacer un gran esfuerzo para arrancar el cuchillo, cuidando al mismo tiempo de no volcar el contenido del vaso que aún tiene en su mano. Por fin, el Mozo trastabilla y cae. Pezuela queda con el cuchillo ensangrentado en la mano.

PEZUELA—*(Con el rostro aún tenso por la lucha, extenuado.)* Duro... *(Bebe con avidez.)*

MAMA—*(En tono de amable reproche.)* Pero, mon cher ami, ¡el personal anda tan escaso!

Todo lo que sigue es muy rápido. Mamá arrastra el cuerpo por un pie hacia la cortina. Tanto ella como Pezuela tienen una actitud furtiva, como si quisieran borrar rápidamente las huellas de algo muy obsceno.

PEZUELA—Pañuelo.

Mamá saca el pañuelo del escote, se lo da y prosigue su trabajo.

MAMA—¡Ah, mon Dieu, cómo pesan estas bestias!

Pezuela le devuelve el pañuelo, después de limpiar el cuchillo.

PEZUELA—Los naipes.

Mamá, con un bufido de impaciencia, saca un mazo del escote y se lo da. Sale arrastrando al Mozo. Pezuela revisa detenidamente el mazo. Mamá regresa. Se miran en silencio, cómplices. Se calman.

MAMA—¿Está completo?

PEZUELA—*(Guiñándole un ojo.)* ¿Ahora?

MAMA—*(Descolocada.)* ¿Qué?... No, no, estoy agitada.

PEZUELA—¿Esta noche?

MAMA—*(Riéndose.)* ¿Cuánto?

PEZUELA—Depende de lo que le gane al inglés.

MAMA—Es un albur.

PEZUELA—No con este mazo. Vea, tengo fiebre. Me arden los ojos. Huela la muerte. Ahora.

MAMA—Cette nuit.

PEZUELA—¿Qué?

MAMA—Esta noche.

PEZUELA—Puede ser tarde. Mire, estoy empapado.

MAMA—Cette nuit, cette nuit légère...

PEZUELA—¿Qué?

MAMA—Esta noche... Será nuestro el fruto de una noche indúmea...

PEZUELA—*(Mostrando un naipe.)* Mire, éste no está marcado.

Un violento estallido los arroja al suelo. Los naipes vuelan por el aire y una espesa vaharada de humo

atraviesa la cortina. Mamá queda en cuatro patas.
Inmediatamente entra Popham, tratando de disipar
el humo con pequeños manotazos. Popham está
vestido como un oficial de la marina inglesa del si-
glo XVIII.

POPHAM—Beg your pardon. Perdón. Perdonen
por favor. Fue un accidente. El arillero de la compañía. Hombre descuidado. Encendió la pipa. Apo-
yado en el cañón. Desintegrado. Lo mismo pasó en
China. *(Ante el trasero de Mamá, desconcertado.)*
Perdón milady, ¿no nos hemos conocido antes?

MAMA—*(Con la cabeza bajo la bata.)* Puede ser,
pero ayúdeme a levantarme.

POPHAM—Sí, por supuesto...

La ayuda a incorporarse, cosa que Mamá le cuesta
bastante, porque el golpe parece haberla desarticu-
lado.

MAMA—¿Siempre es así de violento, querido?

POPHAM—Oh, no, no... I'm a peaceful man...

MAMA—Sostengamé.

POPHAM—¿No estuvo usted en Ceylan?

MAMA—*(Sensualmente.)* Peut être.

POPHAM— ¡París!

MAMA—Me descoyuntó la cadera.

POPHAM—¿Cadera?

Mamá descubre insinuante su cadera. Popham la
acaricia y entrecierra los ojos como recordando.

POPHAM—Let me see... ¿Bengala?

MAMA—Tal vez.

POPHAM—¿Buckingham Palace?

MAMA—Cómo no, cómo no. He estado en tantos
sitios.

POPHAM—¿South Africa...?

MAMA—El mundo es ancho, querido amigo...

POPHAM—No tanto, madam, no tanto... Vea.

Se adelanta unos pasos y extiende un brazo con gesto arrogante, la palma abierta.

MAMA—*(Se acerca rengueando, codiciosa.)* ¿Qué?

POPHAM—El mundo. *(Cierra lentamente su garra con un gesto feroz y triunfal.)* En nombre de Su Majestad Británica.

MAMA—Intrépido navegante.

"Intrépidamente" Popham la abraza, aferrándole las nalgas. Grito sorprendido de Mamá y carraspeo de Pezuela.

POPHAM—Ah, señor Pezuela. Permítame que lo ayude a incorporarse...

Le tiende una mano. Pezuela lo mira glacialmente.

PEZUELA—¿En nombre de Su Majestad?

POPHAM—*(Con orgullo inglés.)* Of course.

Pezuela se incorpora con su ayuda. Mamá da unas palmadas junto a la cortina.

MAMA—*(A Popham.)* ¿Este baúl es suyo?

POPHAM—Precisamente.

Va hacia la cortina y entra arrastrando un baúl. Mamá y Pezuela se acercan curiosos.

PEZUELA—Bonito artefacto.

POPHAM—Ajá.

Se arrodilla junto al baúl. Se coloca unos anteojitos de armazón metálico que le dan un aspecto mezquino. Saca una llave del bolsillo y abre el baúl, sin levantar del todo la tapa. Busca algo adentro.

PEZUELA—*(Entretanto.)* ¿Fabricación inglesa?

POPHAM—Ajá.

Mamá se ha puesto en cuclillas para husmear dentro del baúl.

MAMA—¿Qué es lo que brilla ahí dentro?

POPHAM—*(Cerrando de un golpe la tapa del*

baúl.) Acá está.

Mamá ha pegado un grito. Popham tiene una carpeta de papeles en la mano.

POPHAM—Perdón, señora, ¿la lastimé?

MAMA—No querido, casi me rebana la nariz.

POPHAM—I'm sorry, valija diplomática. *(Se sienta encima del baúl.)* Siéntese, señor Pezuela. Tenemos bastante que conversar... *(Golpeando la carpeta.)* First of all, el asunto del Empréstito...

PEZUELA—Sí, ese bendito Empréstito... Mire, aquí llegan las bebidas. *(Entra el Mozo con una bandeja llena de botellas.)* ¿Un traguito, señor Popham?

POPHAM—¿Qué hay?

PEZUELA—Lo que quiera.

Mamá toma una botella de brandy de la bandeja y se la muestra a Popham.

MAMA—Esto seguramente le va a gustar.

A Popham le destellan los ojos. Se levanta para examinar la etiqueta.

POPHAM—Viejo y noble brandy... *(Con un guiño a Mamá.)* Conoce mis debilidades, ¿eh?

MAMA—Conocer debilidades es parte de mi profesión.

POPHAM—*(Por los papeles.)* Bueno, supongo que esto puede esperar.

PEZUELA— ¡Brandy para todos!

POPHAM—Yo, unas gotas; no bebo cuando estoy de servicio.

Arroja los papeles sobre el baúl. Se saca los anteojos y echa una mirada en torno. Ríe.

POPHAM—Extraño lugar para una cita de negocios...

Pezuela se ha sentado, se despereza, se relaja. Mientras tanto el Mozo ha iniciado su denodado esfuer-

zo de exprimir algo de la botella de brandy. Cada tanto los otros personajes le echarán una miradita de fastidio.

PEZUELA—*(Desperezándose.)* Todo lo contrario, señor Popham... Este lugar es ideal para el lucro... Aquí ventilo las cuestiones más delicadas, las que me exigen mayor contracción mental, porque acá, ¿ve?... *(Le chasquea los dedos a Mamá.)* el cuerpo puede soltarse, no estorba...

Mamá se coloca detrás de pezuela y comienza a masajearlo.

MAMA—*(A Popham.)* Para Bebé, éste es su segundo hogar...

PEZUELA—Se equivoca, querida, el primero... El otro es sólo un detalle burocrático... Ahí, ahí, de ese lado... *(Suspira placenteramente.)*

Mamá al escuchar las palabras de Pezuela ha bajado la vista, sonriendo modestamente, como una casta ama de casa.

MAMA—No le haga caso, señor Popham... Bebé me mima demasiado... Es cierto que me he esmerado en hacer de esta casa un refugio contra las tormentas de la vida... Usted no va a escuchar aquí un tono de voz por encima de lo discreto... ¡Ah non, monsieur! ¡Sosiego y prudencia! Así he criado a nuestras niñas...

POPHAM—*(Sobándose la braga.)* ¿Tiene muchas niñas?

MAMA—Nueve.

POPHAM—¡Prolífica familia!

MAMA—Producto de nuestras austeras costumbres.

POPHAM—¿Todas con buena salud?

MAMA—Todas sanas, señor, gracias a Dios... Normalmente desarrolladas...Claro, no se puede pe-

dir todo... El año pasado se nos fue una, pobrecita...
Sífilis... La hemos llorado mucho, sí, sí... *(Enjuga
una lágrima furtiva y sigue masajeando a Pezuela.)*
¡Pero para qué hablar de cosas tristes! La Familia
Real, ¿bien?

POPHAM—Sí, bien, gracias a Dios... El Príncipe
de Gales tuvo un fuerte catarro este invierno...

MAMA—Para el catarro lo mejor que hay es una
taza de leche bien caliente con miel y coñac, unas
palmaditas en la cola y a la cama...

POPHAM—Eso hemos hecho.

*Breve pausa molesta. El Mozo sigue tratando de
servir algo de líquido en las copas. Bruscamente
Mamá se lanza contra él.*

MAMA—¡Idiot! *(Lo echa a empujones y coscorrones.)* ¡Fuera! *(Comienza a servir ella misma.)*
¡Pensará que podemos esperar una eternidad!

PEZUELA—*(Con una mirada perdida de fanto-
che trágico.)* Ese es el problema: la eternidad.
*Queda inmóvil. Mamá se acerca a Popham insinuan-
te, sosteniendo dos copas muy cerca de cada uno
de sus pechos.*

MAMA—Elija.

POPHAM—*(Precipitándose sobre ella.)* ¡Todo!

MAMA—¡No! ¡No! ¡Cuidadito! ¡Señor Popham,
un poco de conducta! *(Cosquillas, risas escandalosas que Mamá trata de reprimir por Pezuela. Finalmente, Mamá vuelve a tumbar en la silla a Popham
de un empujón, y lo reprende con una severa mirada y un movimiendo de cabeza en dirección a Pezuela.)* ¡Ahí sentadito, como un caballero inglés!
¡Yo le doy!

*Le tiende una copa. Popham le aferra la mano y la
atrae hacia él.*

POPHAM—¡Vamos a otro cuarto!

MAMA—No, no, estoy agitada... Cette nuit.

POPHAM—Beg your pardon.

MAMA—¿Qué?

POPHAM—No la entendí.

MAMA—Yo tampoco.

POPHAM—*(Impaciente.)* ¿Cuándo?

MAMA—Ah, esta noche... Cette nuit... Cette nuit legère...

Se aparta de él con un gesto seductor bastante torpe. Se acerca a Pezuela y le tiende la otra copa.

MAMA—*(Indiferente y somera, sin mirarlo.)* Bebé.

Pezuela no se mueve.

PEZUELA—*(Lentamente, sin mirarla.)* Lo vi todo.

MAMA—¡Por favor Bebé, nada de escenas!

Deja la copa en manos de Pezuela y con un gesto de malhumor va hacia la mesa, toma su copa y la alza en un brindis.

MAMA—¡Por nosotros! ¡Por una noche de placer y buenos negocios!

Beben ávidamente y quedan insatisfechos. Popham vuelve a ponerse los anteojos y toma los papeles.

POPHAM—Señor Pezuela, el Empréstito...

PEZUELA—Soy todo suyo, señor Popham.

POPHAM—Más de lo que usted cree, distinguido amigo... Veamos...

Comienza a hojear los papeles. Pezuela le hace un guiño a Mamá, señalándole al inglés. Mamá responde con un gesto de entendimiento y complicidad. Sigue una breve escena muda en la que Mamá realiza una serie de acciones tendientes a distraer a Popham, como acercar a él sus senos, o recoger algo del suelo endilando hacia él su trasero. Como último recurso, arroja un naipe —un as de oros— sobre los papeles de Popham. Este levanta despacio el naipe.

POPHAM—Gold.

MAMA—*(Con un suspiro de alivio.)* Oro, sí. Evidentemente lo único que puede conmover a un inglés.

Llama al Mozo con palmaditas. Cuando éste entre, Mamá le indicará que junte los nipes del suelo.

POPHAM—Usted, señor Pezuela, ¿juega?

PEZUELA—Sí, cómo no... Bah, no soy más que un aficionado, en realidad... Jugador dominguero... *Pausa. Popham y Pezuela se miden con la mirada.*

POPHAM—¿Y a qué juega?

PEZUELA—A todo... Bah, digamos que no tengo preferencias... Me resulta indiferente... ¿Al monte?

POPHAM—Juego zonzo... I mean, no lo conozco bien... ¿Lo juegan por acá, no?

PEZUELA—Sí, en la campaña. Puede proponer otro si quiere.

POPHAM—Yo no propongo nada. *(Risita.)* It's all right... Pero no se burle de mí si yo...

PEZUELA—No se preocupe por eso, yo sólo vi jugar.

POPHAM—Ahora, jugar por jugar...

PEZUELA—*(Con una risita.)* Le juego el Empréstito...

POPHAM—*(Como siguiendo la broma.)* ¿Demasiado, no? Con tantos años de intereses acumulados... No. ¿Qué le parece 30.000 libras, para empezar?

PEZUELA—*(Risita.)* No está mal.

POPHAM—¿Y usted, señor Pezuela, puede responder por...?

PEZUELA—Bueno, usted sabe que yo tengo un problema de iliquidez.

POPHAM—Le puedo abrir un crédito contra tierras.

PEZUELA—*(Sobresaltado.)* ¡Mías, no! *(Transición, risita.)* Pero todo se puede arreglar. Tengo unos amigos en el gobierno. ¿Le dan lo mismo tierras públicas?

POPHAM—*(Encogiéndose de hombros.)* Mientras usted me las garantice por escrito.

PEZUELA—Desde luego.

POPHAM—¡Hecho!

Desde hace unos instantes el Mozo está a los pies de Popham, tratando de recuperar un naipe que ha quedado bajo uno de sus zapatos. Ahora Popham aparta al Mozo, se agacha lentamente y él recoge el naipe. Lo mira atentamente ante la tensa expectativa de los demás, lo roza con las yemas de los dedos y concluye.

POPHAM— ¡Qué pena, está marcado!

Rápidamente da un paso atrás, saca veloz una pistola y dispara contra el Mozo. Pausa muy tensa. El Mozo da unos pasos vacilantes hacia él y se derrumba. Alivio.

MAMA—*(Mirando el cadáver, hace un gesto de resignación.)* Bon... (Popham guarda el arma.)

POPHAM—*(Mirando intensamente a Pezuela.)* Me dan asco los fulleros.

PEZUELA—*(Débilmente.)* ¡Qué barbaridad! No se puede confiar en nadie... ¿Y ahora qué hacemos?

POPHAM—Ahora jugar, señor Pezuela.

PEZUELA—Con todo gusto, pero...

POPHAM—Don't worry.

Se dirige hacia el baúl y busca algo adentro. Mamá se acerca al cadáver.

MAMA—Justo en el coeur... ¡Magnífica puntería! ¿No les fascina la muerte? *(Popham extrae algo del baúl.)*

PEZUELA—¿No me diga que tenía barajas españolas?

POPHAM—First quality.

PEZUELA—*(Ambiguo.)* Estupendo.
Está a punto de tomar el mazo.

POPHAM—Tres peniques.

PEZUELA—¿Cómo?

POPHAM—Lo siento, no son de mi propiedad... Sólo los llevo en comisión... Tres peniques...

PEZUELA—Sí, claro... Disculpe... Tres peniques, eso viene a ser...

POPHAM—Cincuenta centavos.

PEZUELA—*(Buscando en sus bolsillos.)* Qué lástima, no tengo calderilla... *(A Mamá.)* ¿Y usted, señora?

MAMA—*(Con la cara desfigurada por la avaricia.)* ¿Qué?

PEZUELA—Présteme cincuenta centavos...

MAMA—Ah, muy raro que llegue... De todos modos me voy a fijar... *(Mira dentro de su escote.)* Como le decía, sólo llego a 35...

PEZUELA—*(Más bien contento de eludir la situación.)* ¡Que nos perdamos 30.000 libras por no tener 15 centavos! ¿No es una ironía?

MAMA—*(Codiciosa.)* ¡Cómo vamos a despreciar esa cantidad! Después de todo, alguien debe hacerse cargo de los cincuenta centavos... *(Señalando al Mozo.)* Puesto que él es el responsable del incidente, descontémoselos del salario...

POPHAM—*(A Pezuela.)* ¿Usted está de acuerdo?
Pezuela hace un gesto de resignación. Popham abre el mazo y lo baraja con enorme habilidad.

POPHAM—*(A Mamá.)* Desde luego, señora, usted también juega.

MAMA—Ah, non, je m'excuse. Yo me limitaré a ser una espectadora imparcial.

PEZUELA—*(Vengativo.)* No, no, aquí no hay espectadores. Señor Popham, su lugar...

MAMA—Pero Bebé, si estoy sin fondos...

PEZUELA—¿No tenía 35 centavos?

POPHAM—*(Barajando.)* ¡Animo, señora!

MAMA—Bueno, si vous insistez... Pero mi aporte va a ser puramente simbólico... No tengo el hábito del azar...

Se sientan alrededor de una mesa.

POPHAM—El rey de oros. ¡Señores, yo soy la banca! ¡Apuesten, por favor!

PEZUELA—Abro con 100 libras.

MAMA—Yo con diez centavos... *(Vacila.)* No, no, mejor ser prudentes... Cinco.

POPHAM—Se cierran las apuestas. Cinco de bastos, siete de oros, seis de copas. Perdió, señor Pezuela.

MAMA—*(Palmoteando.)* ¡Gané, gané! Vengan los cinco centavos.

PEZUELA—Paciencia.

Popham baraja veloz.

POPHAM—Apuesten, señores.

Sobre ellos va oscureciendo. Quedan envueltos en una tenue penumbra. El juego sigue, pero se descompone en movimientos lentos e irreales, en un murmullo inaudible. Sobre el cadáver del Mozo se deposita una suave luz. El Mozo se incorpora dificultosamente. Tiene una vasta mancha de sangre en la camisa, sobre el corazón.

MOZO—No te han ahorrado siquiera... el trabajo de sepultarte... Vamos, hermano cadáver. Te llevo.

Sale trastabillando por la cortina. La escena se ilumina nuevamente. Se ha producido un salto en el tiempo.

POPHAM—Perdió de nuevo, caballero.

Pezuela, demudado, se levanta de un salto golpeando la mesa.

PEZUELA—*(Con la voz pastosa.)* ¿Qué está diciendo? ¿Qué mierda está diciendo?

MAMA—*(Muy nerviosa.)* ¡Acá todo el mundo pierde! ¡Tout le monde! ¡C'est inaudit! ¡Treinta centavos! ¡Je ne comprend pas!

POPHAM—*(A Pezuela, sin dejar de barajar.)* Sientesé, hágame el favor. No se violente. La suerte es así. ¡Apuesten!

PEZUELA—*(Sin sentarse, exasperado.)* ¡Mis últimas quince!

MAMA—¡Cinco centavos y no va más!

Popham va descubriendo las cartas. A cada movimiento le responde un grito de Mamá: el primero una exclamación estupefacta, el último un histérico chillido de rabieta.

POPHAM—Lo siento, señores, volvieron a perder.

MAMA—¡Desplumée!

Pezuela le tira a Popham un ciego manotazo por encima de la mesa, que aquél esquiva.

POPHAM—¿Qué es eso?

MAMA—*(Fuera de sí por la rabieta, a Pezuela.)* ¡Canalla, canalla! ¡Perdu mis centavitos! ¡Todo por tu insistencia! ¡Mis ahorritos!

Lo amenaza con las uñas. Pezuela se le tira encima.

PEZUELA—¡Te estrangulo, gallina vieja!

MAMA—¡Au secours! ¡Au secours!

PEZUELA—*(Sacudiéndola por el cuello.)* ¡Puta entrometida! 30.000 libras tiradas a la basura por tu culpa!

POPHAM— ¡No puedo admitir que se insulte a una dama en mi presencia!

Tumba a Pezuela y se le tira encima.

MAMA—*(A Popham.)* ¡Quién le pidió que se metiera! *(Comienza a pegarle coscorrones.)* ¡Maudit, maudit, maudit! ¡Maldito tramposo!

POPHAM—*(A Mamá.)* ¡You, dirty wench!

Se incorpora y arremete contra ella.

MAMA— ¡Au secours! ¡Au secours!

PEZUELA— ¡Cómo se atreve a tocarla!

Ataca a Popham por la espalda. Popham se da vuelta velozmente y lo tumba. Luego se sienta sobre él y comienza a trompearlo con saña.

POPHAM— ¡Te voy a sacar las tripas por la boca!

PEZUELA— ¡Oh, oh...!

Desesperación y gritos de Mamá, que intenta separarlos y luego palmotea frenética junto a la cortina.

MAMA— ¡Basta, basta! ¡Assez! ¡Se matan! *(Aparece el Mozo.)* ¡Sepárelos, que se matan!

El Mozo no sabe qué hacer, hasta que toma una botella por el cuello y va a descargarla sobre Popham.

PEZUELA— ¡Dejemé, cuidado, voy a vomitar!

POPHAM— ¡Oh, my God, qué asco!

Se separa de inmediato con un gesto de repugnancia.

MAMA—*(Con asco y reproche.)* Pero Bebé...

PEZUELA—*(Tratando de contener las arcadas.)* Lo siento, tengo el estómago delicado...

MAMA—*(Al Mozo.)* Ayúdelo...

El Mozo lleva a Pezuela aparte. Popham se dirige hacia el espejo, tambaleándose. Mamá lo sigue.

MAMA—*(A Popham, furtiva, pellizcándolo.)* Siempre seré tuya.

Popham se apoya en el espejo.

POPHAM—Estoy marcado...

MAMA—Querido, ¿usted también?

POPHAM—Nunca pude tolerar... que vomiten... ¿Qué habrá comido? Ah... *(Se le revuelve el estómago de solo pensarlo.)* I feel sick...

Mamá se aparta, escéptica.

MAMA—La clase dominante, ts... ¡Quel temps! *Se sirve una gota en una copita y la lame distraída y desilusionada.*

POPHAM—¡Arriad la mesana y el trinquete! ¡Que se hunde el barco! ¡Oh, my goodness, qué mareo!

MAMA—Antes todo era más fácil... Los reyes nacían debajo de la corona, por así decirlo... Pero esta gente, luchando por alcanzar el poder, cuando llegan ya están quebrados...

Pezuela vuelve, pálido y vacilante, ayudado por el Mozo. Se desploma en una silla.

MAMA—*(Indiferente.)* ¿Se siente mejor, Bebé? *(Al Mozo.)* ¡Vaya a limpiar! *(El Mozo obedece.)* ¿Algo fuerte, Bebé?

PEZUELA—Acabo de ver a la muerte.

MAMA—¡Sacre coeur, qué hombre lúgubre!

PEZUELA—Tenía las manos viejas y heladas, cuajadas de anillos, y me sonrió lasciva. Tenía la cara gastada por los afeites, cubierta de polvo de arroz, y dos manchas de colorete en los pómulos. Las cuencas vacías de los ojos eran dos pozos de agua podrida, cuando abrió los labios dibujados por una pasta roja, de adentro salió un humo negro de cigarro y un olor a vómito...

POPHAM—Oh, no de nuevo...

MAMA—*(Lanzando una carcajada.)* Reconozco a esa vieja puta: es mi madre. Pero tranquilícese, Bebé, nadie se va a morir aquí. Soy íntima de esa señora.

Si viene, yo le voy a decir: "Madre la muerte, ¿por qué asustas a estos dignos caballeros, la flor y nata de nuestra sociedad?". Y ella va a decir: "Perdonen, perdonen, no sabía de quiénes se trataba. Sólo estaba jugando". Y entonces se va a ir.

PEZUELA—Volverá. Siempre vuelve.

MAMA—En ese caso, le vamos a hacer una linda jugarreta... Nos vamos a esconder en el ropero; y nos vamos a disfrazar, ¿eh?; y cuando abra el ropero no nos va a reconocer... ¡Al ropero, al ropero, antes de que madre la muerta aparezca! *(Abre de un golpe el baúl, como si fuera el ropero. Deslumbrada.)* Oh... ¡Deliciosa bijouterí, señor Popham! ¡Y plumas! ¡A mí que me encantan las plumas! ¿Puedo escarbar? *(Comienza a revolver dentro del baúl.)* ¡Una gargantilla! ¡Mire qué hermoso paño, Bebé! *(Pezuela comienza a prestar atención.)* ¿Y este tubito de goma, qué es? ¿Y esta cantidad de papeles?

POPHAM—Con cuidado, señora, son papeles de negocios, acciones...

PEZUELA—¿Y acciones de qué?

POPHAM—Bueno, hay de todo un poco. Minas, ferrocarriles, bancos...

Mamá se ha adornado con grandes plumas de vedette y joyas.

MAMA—¿Qué tal me veo?

POPHAM—Por favor, señora. Todo eso tiene su precio.

PEZUELA—¿Y qué precio tiene?

POPHAM—Señor Pezuela, está absolutamente endeudado, sin un cobre en el bolsillo, y todavía pregunta precios.

Mamá continúa revolviendo en el baúl.

MAMA—¡Mermelada!

PEZUELA—*(Amoscado.)* Oiga, no, pero permitamé, ¿qué quiere decir? Yo no tendré en efectivo, pero usted sabe bien que mi crédito... Mis tierras, 50.000 hectáreas...

MAMA—¡Hasta facón y boleadoras tiene!

POPHAM—Sí, sí, la tierra... Yo no se lo niego, es riqueza... Ahora, las tierras no se reproducen... Yo presto, señor Pezuela, no tengo inconveniente... Me da lástima que la gente pase privaciones... Pero no quisiera dejarlo en la calle en caso de que usted no... En fin, no es suficiente tener riqueza, hay que hacer que se reproduzca, ¿entiende?

PEZUELA—Entiendo perfectamente. ¡Mamá!

MAMA—¿Sí, mon cher ami...?

PEZUELA—Venga un momento, por favor. *(Mamá se acerca contoneándose. Pezuela la toma de un brazo y la acerca a Popham. Mamá deja hacer; le sonríe a Popham, emplumada, encantadora.)* Mire bien, señor Popham, se puede tocar, es tangible, concreta, con un poco de cuidado y la ayuda de Dios se reproduce al infinito... Este es mi producto: carne...

POPHAM—Lo siento, señor Pezuela, en Inglaterra también tenemos una buena producción de putas.

MAMA—*(Ofendida)* ¿Qué significa esto?

PEZUELA—Usted no entendió, señor Popham, no carne humana, bah, o lo que esto sea, sino comestible, jugosa, nutritiva... *(A Mamá.)* Por favor, querida, colabore, póngase en cuatro patas...

MAMA—*(Digna, pero dispuesta a hacer lo que se le pide.)* Je dois dire que ce que vous me demandez es un poquito extravagant.... Lo hago, en fin, en nombre de nuestra estrecha amistad, pero no sin cierta protesta, dado que esto, bueno, en fin...

Rezongando de este modo se ha puesto en cuatro patas.

PEZUELA—Observe, señor Popham, este poema proteínico... Observe qué cuartos delanteros, qué traseros...

Le levanta la bata.

MAMA—*(Riéndose.)* ¡No se abusen, eh!

POPHAM—*(Riéndose.)* Comprendo, señor Pezuela.

Toquetea a Mamá.

PEZUELA—*(Entusiasmado.)* Y no solamente carne, señor Popham... También leche, fresca, cremosa, espumante... Ordeñe, ordeñelá nomás, pruebe...

POPHAM—¿Puedo?

PEZUELA—Como si yo no estuviera.

Cierra los ojos. Popham manosea los pechos de Mamá.

MAMA—*(Riendo escandalosamente.)* ¡Saque las manos, que me hace cosquillas!

PEZUELA—¿Y, señor Popham?

POPHAM—*(Guiñándole un ojo.)* Excelente calidad.

PEZUELA—Y como ésta millones, amigo mío... Regimientos de vacas, una costra de vacas sobre mis campos, reproduciéndose lascivamente...

POPHAM—*(Intenta incorporarse, limpiándose las manos con un pañuelo.)* Muy bien, muy bien... Naturalmente, lo sabía... He pensado en eso... Ayudemé, por favor... *(Pezuela lo ayuda a incorporarse.)* La rodilla... Un poco de gota, posiblemente... Claro que lo sabía... Pero no es tan fácil... Usted tiene el producto natural... Muy bien... ¡Ahí se pudriría! ¿Cómo hace para ponerlo en Europa? No es tan fácil. Transporte, frigoríficos, puerto, barcos... ¡Uf!

PEZUELA—Usted tiene el capital necesario, señor Popham.

MAMA—*(Desde el suelo.)* Perdón, ¿ya terminaron conmigo?

PEZUELA—Oh, disculpe, señora.
La ayuda a incorporarse.

MAMA—Mon Dieu, creo que merezco un trago,
¿no?
*Va a servirse. Popham ha esperado a Pezuela, son-
riéndole astuto.*

POPHAM—*(Golpeándole la cabeza con un dedo.)*
Sí, yo tengo el capital. ¿Y? ¿Por qué gastar plata
en ferrocarriles o puertos que pueden aprovechar
otros? Soy generoso, pero no estúpido, ¿Claro? El
mar puede usarlo cualquiera y está lleno de piratas...
Franceses, holandeses... En fin... Necesito que se
me garanticen ciertos privilegios, llamémosle... libre,
importación de mis productos, franquicias aduane-
ras... En una palabra, señor Pezuela, libre cambio...

PEZUELA—Se puede lograr... Habrá algunas
protestas... Usted sabe, los fabricantes nativos... Pero no tengo por qué cuidar intereses que no son
míos... ¿Eso es todo?

POPHAM—El precio, señor Pezuela... Tenemos
que ponernos de acuerdo...

PEZUELA—Bueno, eso ya es otra cuestión.

POPHAM—Yo le puedo garantizar, hm... *(Anota
una suma en un papelito que le tiende Pezuela.)*

PEZUELA *(Leyendo la suma.)* Pero... Una pregunta indiscreta, señor Popham, ¿a cuánto coloca
la tonelada en la City?

POPHAM—*(Riendo.)* No es asunto suyo, pero le
voy a contestar. Las cuentas claras.
Anota otra cifra.

PEZUELA—*(Leyendo asombrado.)* Pero, señor Popham, me niego a creer que... Una participación tan minúscula... Especialmente teniendo en cuenta que usted sus productos los...

POPHAM—Señor Pezuela, división internacional del trabajo... Vender no es lo importante; lo importante es qué se vende. Vender vende cualquiera. ¿Pero qué vende usted y yo qué vendo? Yo, señor Pezuela, vendo... telas, joyas, rieles, artefactos, ¡vendo dinero, fíjese, dinero! Sí, señor Pezuela, vendo elementos en cierto sentido superfluos, pero durables. No pierda de vista la palabra; durables, o sea, que contienen tiempo. Y usted, mi amigo, ¿qué vende? Carne. Burda carne efímera, corruptible. Y carne muerta, es decir, sólo un grado comestible de lo pútrido. En fin, pedazos de lo muerto y lo podrido. *(Solemne.)* Yo le vendo duración, aquello que la humanidad orgullosa ha arrancado al tiempo. ¿Y usted qué vende? Instintos, fuerza ciega, elementalidad destructible. Yo vendo civilización, y usted naturaleza, barbarie. Y bien, señor Pezuela, elija: civilización o barbarie.

MAMA—Civilización, querido, délo por hecho...

POPHAM—Créame, señor Pezuela, con el tiempo llegaremos al intercambio ideal: carne por espíritu.

PEZUELA—*(Risita.)* Señor Popham, ¿quién necesita ese producto?

POPHAM—Usted no, amigo mío, ya que tiene el poder. Pero vea esto... *(Señala al Mozo.)* ¿Qué es esto? *(El Mozo lo mira.)* Un mono... Una pobre bestia imprevisible. Es preciso dotarlo de moralidad.

PEZUELA—Creo que usted exagera.

POPHAM—Certainly not. Se lo voy a probar. *(Se dirige hacia el baúl y comienza a sacar una serie indiscernible y horrible de instrumentos médicos.)*

Para inocular en este sujeto el sentido del deber...
sacrificio y productividad... mansedumbre... disci-
plina... cristiana resignación... respeto por el orden
y las jerarquías... conciencia de su nulidad... en fin,
todas las galas que adornan a un trabajador honora-
ble... ¡Listo! *(Ha terminado de ordenar los instrumentos sobre el baúl.)* Ustedes, señores, con todo
el derecho se preguntarán qué tiene que ver este
instrumental con los altos preceptos morales... Y
yo les reponderé: señores, soy un hombre positivo...
(Se coloca unos guantes de goma. Señalándolos.) El
último grito de la ciencia... Un derivado del caucho,
aislante pefecto, interesante explotación...

PEZUELA—*(Acota brevemente a Mamá.)* Recuerde: caucho.

POPHAM—Señores; la psicología experimental
ha realizado hallazgos sorprendentes: el condicio-
namiento. Las respuestas del cuerpo a distintos estí-
mulos han sido minuciosamente clasificadas. Si yo,
señores, por ejemplo... Tengo en mi mano un delicado producto de nuestras acerías, un alfiler de
gancho... Observe, señor Pezuela, qué noble alea-
ción...

Le tiende el alfiler. Pezuela lo observa brevemente.

PEZUELA—*(A Mamá.)* Recuerde: alfiler.

POPHAM—Bien, señores, el arco reflejo... Si yo,
señores, me acerco al sujeto de experimentación
con este alfiler de gancho inglés y si yo, señores,
pincho...

*Pincha y como inmediata respuesta recibe un colo-
sal mamporro del Mozo que lo proyecta a unos
cuantos metros de distancia. Pausa estupefacta.
Mamá corre hacia Popham.*

MAMA—Mon cher ami, ¿se hizo daño?

POPHAM—*(Incorporándose con ayuda de Mamá.)*

No, no, está bien, perdonen. La psicología experimental todavía está en pañales... Hay respuestas no clasificadas... Ha sido una anomalía, muy fácil de corregir...

Saca una pistola.

MAMA—Por favor, amigo mío, sugiero que dejemos el experimento para más adelante.

Popham va hacia el Mozo con la pistola en una mano y el alfiler en otra.

POPHAM—Si yo, señores, pincho... *(Amenaza hacerlo, pero el Mozo salta sobre él y lo toma del cuello. Suena un disparo. Mamá y Pezuela corren en ayuda de Popham. Hay una lucha. Por fin Popham y Pezuela logran aferrar por los brazos al Mozo, que se resiste desesperadamente. Popham le grita a Mamá.)* ¡El bisturí! ¡El bisturí!

Mamá encuentra el bisturí, lo levanta con ambas manos por encima de su cabeza y lo asesta de un golpe en el pecho del Mozo. Un poco de sangre le salpica la cara. Mamá se limpia rápidamente con expresión de disgusto. Los otros dos sueltan el cuerpo.

POPHAM—*(A Mamá.)* ¿Quiere un pañuelo?

MAMA—No, está bien, tengo. *(Se limpia.)* ¡Qué desagradable!

POPHAM—Su estado de barbarie era mayor del que me suponía.

MAMA—*(Con un dejo de reproche.)* Es que usted, querido, lo excitó demasiado. ¿Está indemne?

POPHAM—Quebrado, mi lady.

MAMA—Bebamos, para olvidar este ingrato incidente. Bebé...

Va con Popham hacia una mesa y comienza a servir bebida. Popham se desploma en una silla. Está absolutamente extenuado. Pezuela ha quedado jun-

to al cadáver, observándolo. Mamá lo mira.

MAMA—Bebé querido, ¿se siente mal?

PEZUELA—No querida, reflexionaba... *(Señala al Mozo.)* Esto me ha hecho reflexionar... Morir así en público... Cuando usted tiene ganas de mear, amiga mía...

MAMA—*(Con un gesto de disgusto.)* Oh...

PEZUELA—No, no, permitamé... No es ninguna grosería, es un acto biológico... Cuando usted tiene ganas de mear, se oculta, ¿no es así? Va al baño. Ahora, el acto más privado del hombre, el acto supremo de necesidad biológica, uno lo... Yo sé algo de animales, ¿no?

MAMA—No tengo la menor duda.

PEZUELA—Cuando un animal presiente la muerte se aparta de la manada... Y sin embargo... Fijesé la muerte de nuestros grandes hombres, rodeados de miradas indiscretas, oídos atentos para recoger las últimas palabras... ¡Qué obscenidad! Y después se escriben, se publican... No, no, mejor ir al baño...

POPHAM—*(Despertándose.)* A propósito...

PEZUELA—*(Levanta una copa.)* Por una muerte en soledad.

POPHAM—Por Inglaterra.

PEZUELA—*(Con un guiño.)* Y la nueva perla en su corona.

Beben.

MAMA—*(Solemne.)* Y yo, qué puedo agregar ante este cuadro que conmueve mis fibras más íntimas... *(Risita canallesca de Popham.)* Querido, no seas grosero... *(Sigue solemne.)* Tal vez, en el devenir del tiempo... Quietitas las manos... En el devenir del tiempo... cuando la nieve de los años... *(Risitas y manipuleos de los otros por detrás de la mesa. Mamá se defiende con palmaditas.)* Cuando la nieve

de los años me escarche el cabello... ¡La liga no!...
Me voy a acordar de estas jodas... *(Empieza a reír
escandalosamente.)* ¡La liga no que es un recuerdo
de familia!
*La tironean hacia el suelo. Mamá desaparece detrás
de la mesa. Gran escándalo.*

MAMA—*(Palmoteando cada vez que aparece.)*
¡Servicio, Servicio!
*Para zafarse, comienza a cantar "God save the King".
Luego de unos instantes emerge hecha un estropi-
cio y se dirige vacilante hacia el espejo. Los otros
también emergen cantando, aunque apenas pueden
tenerse en pie. Popham tiene la liga y una pluma de
Mamá en la cabeza a modo de vincha.*

MAMA—Yo ya no estoy para estos trotes.
Popham se arrastra hacia su baúl.

POPHAM—Bueno, creo que es hora de ir al baño...
¿Cómo era eso, Bebé? Al baño... Me llevo la perla,
Bebé.
*Comienza a arrastrar el baúl hacia la cortina, pero
apenas logra moverlo. Está hecho una piltrafa. Se
sienta jadeante y sin aire sobre el baúl. Pezuela, en
tanto, se dirige tambaleante hacia Mamá.*

PEZUELA—Mamá... Estoy ardiendo... Por favor...
Una sola vez... Antes de que la noche se nos venga
encima... Quiero enfriarme...
*Va a tocar a Mamá, pero ésta se aparta bruscamen-
te.*

MAMA—*(Histérica, los ojos arrasados en lágri-
mas.)* ¡Touche pas!

PEZUELA—¿Qué pasa?

MAMA—¡No hay caso, no me avengo a estos
tiempos! ¡Extraño la monarquía!

PEZUELA—¡Pero si yo aquí soy el rey!

MAMA—Rey sin corona. Comparsa.

Pezuela toma el cráneo de vaca, y lo alza solemne sobre su cabeza.

PEZUELA—Yo me corono a mí mismo. Per secula seculorum.

Se incrusta el cráneo en la cabeza.

POPHAM—*(Riéndose.)* Je, je, je, el rey cornudo...

PEZUELA—No veo nada.

MAMA—*(A Pezuela.)* Sáquese eso, querido, está ridículo...

Pezuela intenta levantar el cráneo, que le cubre toda la cabeza.

PEZUELA—No sale.

Mamá palmotea desganada.

MAMA—¡Servicio!

Popham se desternilla de risa.

POPHAM—Al menos fue divertido...

PEZUELA—Mamá, ayudemé...

MAMA—Agáchese.

Pezuela se inclina y Mamá comienza a tironear del cráneo sin resultado.

MAMA—¿Duele?

PEZUELA—Sufro.

En el tironeo Mamá se zafa y ambos caen sentados al suelo. Breve pausa.

MAMA—¿Intentamos de nuevo?

PEZUELA—No, está bien, será mi destino. Presiento que algo horrible se avecina... ¿Mamá, está aquí?

MAMA—Yo ya estoy del otro lado, querido. Apenas me sostengo en pie.

PEZUELA—No la veo.

MAMA—Mejor.

Pezuela se incorpora y camina a tientas.

PEZUELA—Mamá...

MAMA—*(Palmoteando.)* ¡Servicio!

Pezuela tropieza con el cadáver del Mozo. Se agacha y tantea.

PEZUELA—¿Mamá?

POPHAM—*(Muerto de risa.)* Frío, frío...

MAMA—¡Servicio!

Pezuela se encamina tanteando hacia Popham.

PEZUELA—¿Mamá?

POPHAM—*(Apenas puede hablar de la risa.)* Yo, querido, no estoy en condiciones ni aunque quisiera...

MAMA—¡Servicio! ¿Pero qué pasa que no viene nadie? ¡Servicio!

PEZUELA—*(Desorientado.)* ¿Mamá?

Se dirige tanteando hacia el espejo.

POPHAM—Bah, mejor me voy a casa...

Arrastra el baúl. Pezuela llega al espejo. Lo acaricia.

PEZUELA—*(Con un suspiro, como si la hubiera hallado.)* Mamá...

Popham lo ve y se atora de risa.

POPHAM—*(Señalando a Pezuela con un brazo.)* Ay, me muero... Bah, igual fue divertido... ¡Señora, después limpie el espejo! ¡Ah! *(Repentinamente queda serio.)* ¡Trafalgar!

Se desploma sobre el baúl. Pezuela acaricia el espejo.

PEZUELA—Mamá, está fría como la tumba...

MAMA—¿Mister Popham, qué le pasa? ¡Servicio! *(Va hacia una mesa y toma una última copa. Se derrumba lentamente sobre la mesa.)* Una curda histórica. *(Débilmente.)* Servicio...

Va oscureciendo. Sólo se escuchan los jadeos de Pezuela y cada tanto la voz de Mamá, cada vez más apagada: "Servicio. Servicio".

Telón

El nuevo mundo

CARLOS SOMIGLIANA

Carlos Somigliana nació en Buenos Aires en 1932. Se traslada a vivir al sur del país (Ushuaia), donde escribe en 1959 su primera obra publicada: *Amarillo*. Desde los inicios de su carrera, Somigliana practica un teatro cuya preocupación fundamental es lo social. Si bien en el desarrollo de su obra se han ido profundizando los rasgos sicológicos, la historia y los conflictos sociales son los pilares en los que se apoya su dramaturgia.

En 1965, año del estreno en Buenos Aires de *Amarillo*, se representa también *Amor de ciudad grande*. En el '67, produce la pieza en un acto *La bolsa de agua caliente*, y en colaboración con Roberto Cossa, una versión del *Martín Fierro* que se da a conocer en Rosario. En 1970, junto a Rozenmacher, Cossa y Talesnik, escribe *El avión negro*, notable serie de cuadros de gran interés por la variedad de estilos dramáticos, y porque en ellos se percibe el compromiso político de esta generación. En el '78, Somigliana escribe *El ex-alumno*, brillante obra sobre el encuentro conflictivo de tres generaciones de argentinos. El mismo año re-escribe y dirige el *Macbeth* de Shakespeare.

Uno de los rasgos salientes en la obra de Somigliana es la fuerza y vitalidad de sus diálogos. En posesión de un lenguaje coloquial directo, no retórico, estructura agudamente la idea dramática central en sus obras.

Este acercamiento frontal no impide por supuesto, que finalmente, como en el caso de *El ex-alumno* y *El nuevo mundo*, sus piezas se transformen en

especies de metáforas político-teatrales que operan
vigorosamente sobre el espectador.

El nuevo mundo. Farsa del imaginario viaje a la
América Latina del Marqués de Sade, la pieza plan-
tea que el perseguido ideólogo de la crueldad podría encontrar, sin problemas, un lugar de privilegio en cualquier capital sudamericana, donde los
hombres en el poder se confiesan sus discípulos.
   Estructurada siguiendo el formato de la comedia
de enredos, *El nuevo mundo* es una fuerte crítica a
un sistema de convivencia social y política, en el
que predomina el *sadismo*, en el que los *locos* están
en la oposición y *desaparecen*, y en el que la palabra de esta forma de existencia es *la hipocresía*.

CARLOS SOMIGLIANA

EL NUEVO MUNDO

EL NUEVO MUNDO

Director: **Raúl Serrano**
Asistente: **Liliana Carro**
Músico: **Agustín Malfatti**
Vestuarista: **Carlota Beitía**

Lucinda.................... **Isabel Spagnuolo**
El Marqués .... **José María Gutiérrez**
Madame Roberta................**Marta Bianchi**
Fray Nicasio ....**Oscar Núñez**
El Comisario ....**Mario Luciani**
El Ministro .... **Ricardo Díaz Mourelle**
La Cantante................**Laura Liss**

*Símbolo de Armas
para el Europeo
CAMH - Europeo.
violación de Amor.
donde la sexualidad Mosc.
el dinero
Proconcepto del
Sexo de Roberta

*La acción transcurre en una inaginaria capital suda-
mericana, hacia 1815. Un amplio y suntuoso dor-
mitorio, con la presencia exclusiva pero imprescin-
dible de una enorme cama. La ambientación y el
vestuario no deberán preocuparse excesivamente
por la fidelidad histórica: por el contrario, quizás
convengan algunos toques deliberadamente anacró-
nicos.*

*Con evidentes muestras de temor entra Lucinda
—una jovencita de quince a dieciocho años—, seguida sigilosamente por el Marqués de Sade —por esta
época tendría setenta y cinco años. Viste como un
Marqués del "Ancien Régime", con peluca empol-
vada y todo—. Lleva en la mano una moneda de
oro que la muchacha contempla encandilada.*

MARQUES—*(Habla como Charles Boyer en las
traducciones portorriqueñas de T.V., mientras mira
a su alrededor con no disimulada admiración.)*
¡Parbleu!... ¡Cómo ha progresado la pequeña Roberta!...

LUCINDA—Mi ama me matará si se entera de
que lo he dejado entrar aquí.

MARQUES—Ya te he dicho que no debes preo-
cuparte. Soy un antiguo amigo de tu ama.

LUCINDA—No importa. Ella dice que todos los
hombres son iguales...

MARQUES—Qué desdichada idea... ¿No me digas
que Roberta se ha vuelto democrática?

LUCINDA—*(Ruborizándose.)* Ella dice... Que
todos quieren... La misma cosa...

MARQUES—*(Extrañado.)* Pero, dime... ¿Roberta
no te ha explicado aún las verdades de la existencia?

LUCINDA—Oh, no, señor... Ella es muy buena
conmigo... Dice que yo me casaré con un joven ho-
nesto... Y que él me abrirá los ojos...

MARQUES—*(Sonriendo.)* La dulce Roberta... No sólo se ha vuelto democrática, sino también burguesa... *(Mirándola interesado.)* ¿Cómo te llamas?

LUCINDA—Lucinda, señor... *(Breve pausa.)* ¿No me dará usted la moneda?

MARQUES—Claro que sí. Ven, tómala... *(Mientras ella se aproxima y recoge la moneda, él retiene a la muchacha con la otra mano.)* Eres muy linda, Lucinda... Casi, casi, me dan ganas de darte un beso...

LUCINDA—*(Exageradamente pudorosa.)* Oh, señor...

MARQUES—*(Soltándola.)* Pero no te preocupes... No tienes la edad apropiada...

LUCINDA—*(Con un suspiro de resignación.)* Sí, aún soy demasiado joven...

MARQUES—No, al contrario... Estás un poco pasada para mi gusto. *(Algún ruido sobresalta a Lucinda, que palidece.)*

LUCINDA— ¡Mi ama! ¡Esa es madame Roberta!...

MARQUES—Tranquilízate.

LUCINDA—*(Despavorida.)* ¡No, no!... ¡Me matará si me encuentra aquí con usted!...

MARQUES—Yo le explicaré...

LUCINDA—No, por favor... No le diga nada... *(Busca dónde esconderse hasta que, por último, se mete debajo de la cama, ante la mirada átonita del Marqués.)*

MARQUES—*(Para sí mismo.)* Je ne comprende rien...

Entra Madame Roberta, una atractiva mujer que bordea los cuarenta años.

ROBERTA—¿Qué hace usted aquí, señor mío?...

MARQUES—*(Precipitándose sobre ella. Emocionado.)* ¡Roberta!...

ROBERTA—Sí, yo soy madame Roberta... ¿Pero cómo ha entrado usted en mis habitaciones?...

MARQUES—*(Cayendo de rodillas.)* ¡Cuánto he pensado en ti, Roberta!...

ROBERTA—*(Algo alarmada.)* Modérese, señor... Si quiere pasar al salón, le diré a Lucinda que nos sirva el té y allí podremos conversar...

MARQUES—*(Besándole una mano, apasionado.)* ¡No, no!... Es aquí mismo donde debo verte...

ROBERTA—*(Retirando su mano.)* ¡Señor!... Debo recordarle que soy una dama...

MARQUES—*(Dolorido.)* ¡Roberta!... ¡Tanto he cambiado que no me reconocés!...

ROBERTA—*(Algo desconcertada.)* ¿Quién es usted?...

MARQUES—Tú, en cambio, eres la misma de entonces, la misma de siempre... *(Se aproxima y la contempla.)* Apettisante... *(Se aproxima más y la huele.)* Aromatique... *(Se aproxima más y la lame.)* Savoureuse...

ROBERTA—*(Con un escalofrío.)* Esa voz... Esa lengua...

MARQUES—*(Esperanzado.)* ¿Aún no me reconoces, Roberta?

ROBERTA—*(Estupefacta.)* No... No puede ser...

MARQUES—*(Dándole una terrible bofetada que la tira al suelo.)* ¿Y ahora? ¿Todavía no me reconocés?

ROBERTA—*(Con apasionada alegría.)* ¡Tú, Donatien, tú!... Tú, el Marqués de Sade, señor de La Coste y de Saumane, co-señor de Mazan teniente general de las provincias de Bresse, Bugey, y Bex, maestre de campo de la caballería real... ¡Tú!...

MARQUES— ¡El mismo! *(Mientras se descalza*

y empieza a desvestirse.) El mismo que viste y cal-
za...

ROBERTA— ¡Espera, Donatien!... Aún no puedo
comprenderlo... Hasta aquí llegó la noticia de que
te habían encerrado en el manicomio de Charentón
y que habías fallecido, en medio de espantosas con-
vulsiones y horriblemente desfigurado, el 2 de diciembre de 1814... He llorado amargamente tu
muerte...

MARQUES—*(Conmovido.)* ¿Has llorado por mí,
pobre ángel?... *(Ella enjuga una lágrima.)* Ah, sigues
siendo tan dulcemente ingenua cuando eras aquella
tierna campesina de Valromey que despertó en mis
brazos el amor, cuando aún no había cumplido los
cuatro años de edad...

ROBERTA—Pero, explícate... ¿Qué fue lo que
sucedió?

MARQUES—Todo fue una engañifa, por supuesto... Logré que un estúpido campesino se dejara
matar, desfigurar y enterrar con mi ropa, a cambio
de la promesa de entregar a su nieta de quince años
algunas monedas de oro...

ROBERTA—Donatien... Habrás cumplido esa
promesa, me imagino.

MARQUES—Roberta... ¿Crees que la edad me
ha hecho abjurar de todos mis principios?

ROBERTA—*(Algo extrañada.)* ¿Cúanto le dejaste?

MARQUES—Ni un centavo, por supuesto... Pero
demostré mi agradecimiento de otra manera... Pasé
una semana entera junto a la linda huerfanita, in-
culcándole los principios de la filosofía en el toca-
dor... Sí, no creo jactarme al afirmar que la dejé
completamente corrompida...

ROBERTA—*(Nada indignada.)* Ah, Donatien,

Donatien... Eres el más canalla de los hombres...

MARQUES—*(Complacido.)* Lo dices tan sólo para halagarme...

ROBERTA—¿Y cómo se te ocurrió venir a América?

MARQUES—¿Qué quieres?... En Europa soy tan conocido que me era inposible pasar de incógnito por ningún lado... ¿Asia? Está llena de mandarines refinados y crueles que no admitirían mi competencia... ¿Africa? Todo el mundo sabe que los negros no tienen alma y, por ende, son incorruptibles... ¿Oceanía? ¿Me imaginas seduciendo canguros? Entonces pensé en ti, pensé en América... *(Evocativo.)* "Si la dulce Roberta ha emigrado al Nuevo Mundo y según mis noticias, no le ha ido tan mal... ¿Por qué no habría de irme bien a mí?".

ROBERTA—*(Precavida.)* Yo no sé si estoy en condiciones de brindarte mi amistad incondicional, como antes... ¿Me entiendes, Donatien?

MARQUES—¿Tu amistad? Yo no necesito amigos sino cómplices, Roberta... Pero, basta... Dejémonos de vano palabrerío... *(Aproximándose.)* Estás tan hermosa... Me recuerdas aquella bella criatura de hace treinta años... *(Tratando de abrazarla.)* Y hace más de dos meses que no estoy con mujer alguna...

ROBERTA—*(Resistiéndose.)* No, no, Donatien... ¡Es imposible!

MARQUES—No seas tonta... Recordemos aquellas hermosas noches del pasado...

ROBERTA—No, no, es imposible... Tengo un protector, Donatien...

MARQUES—*(Insistiendo.)* ¿Qué importa eso? Resultará más excitante...

ROBERTA— ¡Es el ministro de Gobierno, Donatien! Un hombre generoso y amable, pero extraordinariamente poderoso... Y bastante celoso, por
añadidura...

MARQUES—(*Persuasivo, estrechándola contra
sí.*) No te preocupes, él no se enterará de nada...
Nadie me ha visto entrar.

ROBERTA—(*Sorprendida y metiendo una mano
entre su cuerpo y el del Marqués.*) ¡Donatien!...
¿Qué es este enorme bulto que tienes aquí abajo?

MARQUES—(*Ronco.*) Dinero, ma cherie... Mucho
dinero.

ROBERTA—(*Separándose algo, pero poco.*) ¡Dinero!...

MARQUES—¿Necesitas dinero, Roberta?...

ROBERTA—Bueno, sabes... Mi sutuación no es
tan buena como parece... Una pequeña ayuda no
me vendría nada mal...

MARQUES—Pero, tontita... ¿Por qué no me lo
dijiste antes?

*Va sacando, una por una, monedas de oro de su
bolsillo y, mientras las va entregando a Roberta, va
desprendiendo con la otra mano cada uno de los
botones del vestido de ella.*

ROBERTA—(*Con suspiros entrecortados.*) Ah,
Donatien, Donatien... Sigues siendo irresistible para
mí... ¿Por qué seré incapaz de negarte nada?

*Al llegar al cuarto o quinto botón, ella se aleja y se
tiende voluptuosamente sobre la cama.*

ROBERTA—Ven, amor mío... Acá estaremos más
cómodos...

MARQUES—No seas vulgar, ma cherie.... Reviva-
mos aquellas ingeniosas figuras de antaño... (*Le entrega cuatro o cinco monedas más.*) Vamos, cuélgate
de la araña...

Nota:
reconoce al sade cuando te pega

Aristocrata por encima de la ley... del ver del ...al.

ROBERTA—*(Mimosa.)* ¿No estoy un poco pesada para eso, Donatien?

MARQUES—*(Perdiendo la paciencia.)* ¡Déjate de pamplinas, Roberta.

ROBERTA—*(Poniéndose de pie, resignadamente, encima de la cama.)* Está bien, está bien... Ya que te has puesto nostálgico... *(Levanta los brazos como para colgarse de la araña, cuando resuena un golpe en la puerta. Ella queda petrificada.)* ¡Ah!...

MARQUES—¿Qué es eso?

ROBERTA—*(Aterrada.)* ¡Teófilo!...

MARQUES—¿Quién es Teófilo?

ROBERTA—*(Susurrando.)* Mi protector, el Ministro... *(Gritando.)* ¡Ya voy, tesoro!... *(Susurrando.)* Estamos perdidos... *(Gritando.)* ¡Qué suerte que has venido!... *(Susurrando.)* Escóndete, desdichado...

MARQUES—¿Dónde?

ROBERTA—*(Mira a su alrededor, desesperada, y finalmente se decide.)* ¡Métete debajo de la cama!...

MARQUES— ¡Roberta!... Es humillante...

Resuena un nuevo golpe en la puerta.

ROBERTA—*(Susurrando.)* ¡Pronto!... *(Gritando.)* Ya estoy contigo, mi amor...

MARQUES—En fin... Todo sea por tu buen nombre, ma cherie.

Mientras el Marqués, de mala gana, se mete debajo de la cama, Roberta se recompone, va hasta la puerta y abre. Aparece Fray Nicasio, un andrajoso fraile capuchino.

FRAY NICASIO—*(Humildemente.)* Buenas tardes, madame Roberta.

ROBERTA—*(Tratando de reprimir su agitación pero sin levantar la voz.)* ¡Fray Nicasio!... ¿Qué hace usted aquí?

FRAY NICASIO—Escuché voces ahí adentro... Y llamé...

ROBERTA—¿Y desde cuándo se siente usted autorizado para llamar a la puerta de mi cuarto?

FRAY NICASIO—Hermana... Yo sólo quería pedir una limosnita para los pobres...

ROBERTA—*(Despectiva.)* ¿Para los pobres? Para usted mismo, querrá decir...

FRAY NICASIO—Yo soy el más pobre de todos, pero no soy el único... Somos varios los cristianos en desgracia que compartimos el sustento que la caridad pública nos proporciona.

ROBERTA—¿A qué llama sustento? ¿Al vino?

FRAY NICASIO—Hermana, es tan escaso el monto de las limosnas, que no nos permite solucionar nuestros problemas... El vino, por lo menos, nos ayuda a olvidarlos.

ROBERTA—¡Pues no le daré ni un solo centavo!... ¡Ya me tiene harta con sus eternos pedidos!...

FRAY NICASIO—*(Paciente.)* Hermana, sea usted caritativa conmigo, que yo lo seré con usted...

ROBERTA—¿Qué quiere usted decir, indigno capuchino?

FRAY NICASIO—He visto entrar a un hombre en esta casa... Y pensé que sería preferible que el señor Ministro no se enterara.

ROBERTA—¿El Ministro? ¿Qué tiene que ver el Ministro con todo esto?

FRAY NICASIO—*(Sobrador.)* Vamos, hermana... ¿Acaso mi oficio no consiste en escudriñar las almas?

ROBERTA—¿De modo que ahora se permite usted amenazarme?

FRAY NICASIO—Por ahora, me permito seguir

suplicándole... Claro que tengo esperanzas de que
mi súplica será escuchada...

ROBERTA—*(Perdiendo los estribos.)* ¡Eres un
miserable!...

FRAY NICASIO—*(Asistiendo.)* "Pulvum eris et
pulvum reverteris"...

ROBERTA—*(Fieramente.)* ¡Pues no consegui-
rás!... *(La interrumpe el ruido de algunos confusos
movimientos debajo de la cama, acompañados de
tenues quejidos y jadeos.)*

FRAY NICASIO—*(Sorprendido.)* ¿Qué es eso?

ROBERTA—*(Precipitándose alarmada hacia la
cama.)* ¡Donatien!... ¿Qué te sucede? *(Consigue
agarrarlo de un pie y tira de él para tratar de sacarlo de abajo de la cama, mientras pide auxilio a Fray
Nicasio.)* ¡Ayúdeme, hombre!... ¡Debe estar des-
compuesto!

MARQUES—*(Desde abajo.)* ¡Espera!... ¡Espera!... *(Consigue salir trabajosamente, mientras se
acomoda la ropa.)* Casi me arrancas un miembro...

ROBERTA—¿Qué te pasaba? ¿Te sientes mejor,
Donatien?

MARQUES—*(Petrificado al ver a Fray Nicasio.)*
¿Y esto? ¿Qué es esto?

ROBERTA—No te preocupes. Es sólo un sucio
fraile mendicante.

MARQUES—*(Exaltándose cada vez más.)* ¡Un
fraile!... ¡Un fraile!... ¡Sabes que no puedo ver un
fraile sin enfurecerme!... *(Lo toma del cogote y lo
zamarrea frenéticamente.)* ¡Escúchame infame
chupacirios!...

FRAY NICASIO—*(Despavorido.)* ¡Detente, hermano!... ¡Es todo mentira!... ¡No soy fraile!...
¡Hace ya muchos años que fui expulsado, por in-

digno, del seno de la Santa Madre Iglesia!...

ROBERTA—*(Tratando infructuosamente de detenerlo.)* Detente, Donatien...

MARQUES—*(Sin hacerle caso, obliga a Fray Nicasio a ponerse de rodillas.)* ¿Y esa ropa?

FRAY NICASIO— ¡Lo juro!... ¡No tenía otra cosa que ponerme!...

MARQUES—¿Y esa tonsura?

FRAY NICASIO— ¡Es seborrea!...

ROBERTA—*(Imponiéndose.)* ¡Basta, Donatien!... *(El Marqués obedece.)*

FRAY NICASIO—*(Jadeante.)* Gracias, hermana.

ROBERTA—Dale un par de monedas de oro y que se vaya...

MARQUES—*(Extrañado.)* ¿Un par de monedas...? Pero, ¿por qué?

ROBERTA—Yo sé por qué te lo digo... *(Prometedora.)* Hazme caso y no te arrepentirás...

MARQUES—*(Se encoge de hombros pero saca un par de monedas y las entrega a Fray Nicasio.)* Toma, cretino...

FRAY NICASIO—Gracias, hermano... Brindaré a tu salud.

MARQUES—Ojalá se te atragante el vino.

Un nuevo golpe en la puerta los paraliza a los tres.

ROBERTA— ¡Ahora sí!... ¡Ahora sí!... ¡Seguro que es Teófilo!... ¿Y Lucinda? ¿Dónde se habrá metido esa estúpida?

MARQUES—Tranquilízate, Roberta...

ROBERTA— ¡Pronto, escóndanse!... *(Otro golpe en la puerta.)* ¡Ya voy, ya voy!... ¿Eres tú, amor mío?

COMISARIO—*(Desde afuera.)* Es la policía, señora...

MARQUES—FRAY NICASIO—*(Aterrorizados.)* ¡La policía!... *(Sin necesidad de nuevas recomendaciones, ambos se meten presurosamente debajo de la cama. Roberta va hasta la puerta y abre.*

COMISARIO—*(Penetrando.)* Buenas tardes, señora.

ROBERTA—*(Intranquila.)* ¿Pero qué hace la policía en mi casa?

COMISARIO—Nos avisaron que un sujeto de aspecto sospechoso había sido visto rondando la casa... Entonces, vine de inmediato a investigar.

ROBERTA—¿De aspecto sospechoso? ¿Qué quiere usted decir?

COMISARIO—Viejo, extranjero y con cara de crápula.

ROBERTA—No, aquí no ha entrado nadie así.

COMISARIO—Lo lamento, señora, pero debo registrar la casa.

ROBERTA—¿Mi casa?

COMISARIO—*(Encogiéndose de hombros.)* El deber es el deber.

ROBERTA—*(Señalando hacia el exterior.)* Está bien, haga usted lo que quiera... *(El comisario se cuadra pero permanece inmóvil.)* ¿Qué espera ahora? Empiece a registrar la casa...

COMISARIO—Gracias, señora, pero... Perdón, ya lo he hecho.

ROBERTA—¿Ya lo ha hecho? ¿Y entonces?...

COMISARIO—No hay nadie. Absolutamente nadie.

ROBERTA—¿Nadie? ¿Y Lucinda?

COMISARIO—No hay nadie.

ROBERTA—¿Dónde se habrá metido esa muchacha?

COMISARIO—No lo sé, señora... Pero no hay

nadie.

ROBERTA—Entonces, váyase de una buena vez. Ya ha cumplido usted con su deber.

COMISARIO—Todavía me falta revisar esta habitación...

ROBERTA—¿Revisar mi cuarto?... ¡Usted está loco!

COMISARIO—Lo lamento, señora, pero...

ROBERTA— ¡Me quejaré a sus superiores!...

COMISARIO—Compréndame, señora... Se ha hecho una denuncia y no puedo volver con las manos vacías... Está en juego mi prestigio personal...

ROBERTA—¿Qué quiere decir eso?

COMISARIO—Si no encuentro a nadie aquí, tendré que agarrar a algún desgraciado por la calle y decir que lo sorprendí robando en la cocina...

ROBERTA— ¡Pues hágalo de una vez y no me incomode más!... *(Cambiando de táctica, zalamera.)* Créame... Le quedaría eternamente agradecida... *(El Comisario duda.)* Lo recomendaría a sus superiores...

El Comisario está por acceder cuando se escucha una risita sofocada debajo de la cama, que se mueve ligeramente.

COMISARIO—¿Qué es eso? *(Antes de que Roberta pueda reaccionar, el Comisario se arrodilla junto a la cama y empieza a sacar la falda de Lucinda, la chaqueta del Marqués y el hábito de Fray Nicasio.)* ¿Ve usted, señora?... ¿Ve usted que aquí pasa algo extraordinariamente raro?...

ROBERTA—*(Realmente sorprendida.)* ¿Pero qué es esto?... ¡No, no puedo creerlo!...

COMISARIO—*(Mientras consigue agarrar un pie del Fraile y tira enérgicamente de él.)* ¡Ayúdeme, señora, ayúdeme!... ¡Ya los tenemos!...

ROBERTA—*(Ayudándolo a tirar, indignada.)* ¡Sí, sí!... ¡Le ayudaré... ¡Infames, miserables!... ¡Divirtiéndose a sus anchas mientras yo me arriesgo por ellos!... *(Entre ambos van tirando y sacando, como si fuera una ristra de chorizos y en medio de las quejas y protestas de todos, al Fraile —agarrado a una pierna de Lucinda—, a ésta —Prendida del bolsillo del Marqués— y a este último.)*

FRAY NICASIO—Hermana, piense en la caridad bien entendida...

LUCINDA—Yo no quería, señora, pero... Con tal de no alborotar.

MARQUES—Roberta, ya conoces la debilidad de mi naturaleza...

COMISARIO—¿Pero qué es esto, señora? ¿Los conoce usted?...

ROBERTA—Creía conocerlos, sí... Pero ahora veo que me equivocaba...

COMISARIO—¿Puede usted explicarme eso?

ROBERTA—¿Explicarle?... ¿Pero no ve usted que mi casa está llena de intrusos?

COMISARIO—Señora, si no me lo explica a mí, tendremos que ir todos a explicarlo a la jefatura...

ROBERTA—*(Al borde del desmayo.)* ¿A la jefatura?... ¡No, no, eso es imposible!...

LUCINDA—Soy una casta doncella, señor... Y pobre, además... Nadie querrá casarse conmigo después de semejante escándalo.

FRAY NICASIO—Tenga usted consideración por mi investidura, hermano...

ROBERTA—¿Pero qué pretende usted?... ¿Perderme?...

COMISARIO—No, señora... Salvarme.

MARQUES—*(Que aún conserva la serenidad, carraspea para llamar la atención.)* Señor... Soy un forastero y no conozco los usos y costumbres del país... ¿Pero no podríamos solucionar esto de alguna otra manera?

COMISARIO—¿A qué se refiere usted?

MARQUES—Sé que la inflación está haciendo estragos en el Nuevo Mundo... Y que los sueldos oficiales son escasos... *(Saca de su bolsillo una moneda de oro y la exhibe ante el Comisario, tratando de seducirlo.)*

COMISARIO—Señor, usted me ofende...

ROBERTA— ¡Eso es una bicoca, Donatien!...

FRAY NICASIO—Tanto como des, hermano, con creces te será devuelto...

LUCINDA— ¡Sea usted generoso, Marqués!... He tocado su bolsillo y sé que está bien forrado de oro...

MARQUES—*(Sacando con repugnancia otra moneda.)* Ustedes quieren provocar mi ruina... Pero todo sea por tu reputación, Roberta...

COMISARIO—*(Sin tocar el dinero.)* ¿De modo que está usted tratando de sobornarme?...

MARQUES—Es una manera un tanto ruda de denominar a esta amistosa gratificación...

COMISARIO—Bien... Como primera medida, tendré que confiscar todo el dinero que usted ha introducido ilegalmente al país.

MARQUES—*(Palideciendo.)* ¿Todo el dinero?...

COMISARIO—*(Saca su sable y le propina un formidable planazo.)* ¿No he hablado suficientemente claro, señor mío?

MARQUES—*(Vacilando.)* Pero, señor...

COMISARIO—*(Dándole otro planazo.)* ¿No me ha comprendido todavía?

MARQUES—*(Sacando una voluminosa bolsa y entregándosela.)* Sí, sí... Ha sido extraordinariamente claro... Y persuasivo...

poder indep - de los individuos

COMISARIO—Bien... Oportunamente, le extenderé el recibo correspondiente... *(Volviéndose hacia madame Roberta.)* Ahora usted, señora... Exijo una completa explicación de todo este embrollo...

ROBERTA—*(Suspirando.)* Comisario... Su extraordinaria tozudez me obliga a poner mi honor entre sus manos.

COMISARIO—¿Qué quiere usted decir?

ROBERTA—Pero le advierto que si usted provoca un escándalo en esta casa, labrará su propia ruina.

COMISARIO—¿Se permite usted amenazarme?

ROBERTA—*(Dulcemente.)* En verdad... Sí. *(Breve pausa.)* El Ministro de Gobierno y yo... Somos amigos íntimos...

COMISARIO—*(Azorado.)* ¡El Excelentísimo Señor Ministro?... Acláreme usted eso...

ROBERTA—Quiero decirle que... Tenemos una amistad apasionada.

COMISARIO—¿Con el Excelentísimo Señor Ministro?... ¿En qué sentido?...

ROBERTA—*(Perdiendo la paciencia.)* ¡Que nos acostamos juntos todos los lunes, miércoles y viernes, animal!...

FRAY NICASIO—¿Las fiestas de guardar, también?

MARQUES— ¡Bravo por el Ministro!...

COMISARIO—*(Estupefacto.)* No. No lo creo. El Excelentísimo Señor Ministro es un hombre de hogar, una persona intachable...

ROBERTA—*(Va hasta la cabecera de la cama y de abajo de la almohada saca un gorro de dormir, con un visible monograma.)* ¿Y esto?... ¿Reconoce usted esto?...

El Comisario hace la venia. Luego se aproxima a Roberta y toma el gorro.

COMISARIO—*(Enjugando una lágrima con el gorro.)* ¡No puedo creerlo!... ¡No puedo creer esto del Excelentísimo Señor Ministro! Y, sin embargo, la evidencia es la evidencia... Como dice el artículo 207 del Código de Procedimientos en lo Criminal...

VOZ DEL MINISTRO—*(Desde afuera.)* ¡Roberta!... ¡Angel mío!... ¡Ha llegado tu pichoncito!...

El Marqués, Fray Nicasio y Lucinda se meten de nuevo con apresuramiento debajo de la cama, en tanto que el Comisario parece no haber escuchado nada, abstraído en sus tristes pensamientos y permaneciendo con el gorro de dormir en una mano y la bolsa de dinero del Marqués en la otra. Roberta avanza hacia la puerta, que se abre, y aparece el Ministro, un hombre de alrededor de cuarenta años, de apariencia elegante y mundana.

ROBERTA—*(Echándose en sus brazos.)* ¡Amor mío!...

MINISTRO—Ah, tampoco yo veía el momento de llegar a tu lado... *(Advierte la presencia del Comisario.)* ¿Y esto? ¿Quién es él?

COMISARIO—*(Espantado.)* Yo, Excelentísimo Señor...

MINISTRO—¡Cállese la boca! *(Mira a Roberta como pidiéndole una explicación.)*

ROBERTA—Es uno de tus infames sicarios, amor mío... Ha estado aquí toda la tarde importunándome, con el pretexto de que buscaba a un sospechoso...

MINISTRO—*(Avanzando hacia el Comisario y señalando el gorro de dormir y el bolso de dinero.)* ¿Qué hace usted con eso?

COMISARIO—Los cuerpos del delito... Yo, Excelencia, no sabía...

MINISTRO—*(Arrebatándole ambas cosas.)* ¡Entrégueme eso de inmediato!

COMISARIO—Es que yo, Ilustrísima Señoría...

ROBERTA—No le hagas caso, Teófilo...

MINISTRO—*(Al Comisario.)* ¡No quiero oír una sola palabra más! ¡Retírese en el acto! *(El Comisario hace la venia y se dirige hacia la puerta.)* ¡Comisario!... *(El Comisario se paraliza, gira hacia el Ministro y vuelve a hacer la venia.)* Quédese en la puerta de la casa y que nadie entre ni salga sin mi permiso... *(El Comisario hace la venia y vuelve a encaminarse hacia la puerta.)* Ah, Comisario... *(El Comisario gira nuevamente y vuelve a hacer la venia, permaneciendo con la mano derecha en la visera.)* Olvídese de todo lo que pueda haber visto u oído aquí esta tarde... *(El Comisario, no sabiendo cómo subrayar su acatamiento, hace ahora la venia también con la mano izquierda.)* De lo contrario, yo no me olvidaré de usted... *(El Comisario hace una profunda reverencia y, finalmente, sale.)*

ROBERTA—*(Con un suspiro.)* ¡Al fin solos, amor mío!...

MINISTRO—*(Precavido.)* Bueno... Yo no diría tanto como eso.

ROBERTA—*(Alarmada.)* ¿Qué quieres decir, Teófilo?

MINISTRO—Te adoro, Roberta... Y te aseguro que no debes tener miedo.

ROBERTA—¿Miedo, Teófilo?... ¿Por qué habría de tener miedo?...

MINISTRO—Vamos, Roberta... Sé que tienes un visitante... Y quiero conocerlo.

ROBERTA—*(Estremecida.)* Teófilo, yo... *(Tras una pausa, decidiéndose.)* Es sólo un viejo amigo en desgracia...

MINISTRO—*(Comprensivo.)* Lo sé, lo sé... Vamos, tontita... Llámalo de una vez...

ROBERTA—*(Agachándose junto a la cama.)* Sal, Donatien... Es inútil seguir fingiendo... Teófilo lo sabe todo...

Se producen confusos movimientos debajo de la cama, hasta que aparece Lucinda, supuestamente empujada por los otros.

LUCINDA—*(Protestando, hacia adentro.)* ¡No es a mí a quien están llamando, al fin y al cabo!...

MINISTRO—*(Algo sorprendido.)* ¡Lucinda!... ¿Qué hacías tú ahí abajo?

LUCINDA—*(Saliendo.)* Yo, señor... No quería molestar y... Pensé que...

FRAY NICASIO—*(Saliendo.)* Excelencia... Me permito interceder por el infortunado a quien usted busca...

MINISTRO—Nada debe temer de mí. ¿Pero qué estaba haciendo también usted allí, Fray Nicasio?

FRAY NICASIO—¿Dónde combatir mejor el pecado, sino entre los pecadores?

Mientras tanto, sale el Marqués, tratando en lo posible de mejorar su aspecto.

MINISTRO—*(Con una reverencia.)* ¿El Marqués de Sade, según imagino?

MARQUES—*(Retribuyendo la cortesía.)* Servidor de usted...

MINISTRO—*(Idem.)* Es un honor inigualable para un demócrata sudamericano saludar a un aristócrata europeo.

MARQUES—*(Idem.)* Oh, señor... Apenas soy un anónimo fugitivo.

MINISTRO—*(Idem.)* Nada de eso. Todos sus libros han llegado a América, todos han sido secuestrados, y yo los he leído a todos... Ha propalado usted ideas terribles.

MARQUES—*(Para sí mismo.)* Estoy perdido...

MINISTRO—Todavía recuerdo de memoria pasajes enteros... Como cuando demuestra usted que Dios no existe, y que si Dios no existe la moral no es sino un absurdo prejuicio, y que entonces nada debe oponerse a la búsqueda del placer y al desenfreno de las pasiones...

FRAY NICASIO—*(Persignándose.)* Oh, oh... Esas cosas se piensan pero no se dicen...

MARQUES—*(Contrito.)* Sí, confieso haber cometido algunos errores...

MINISTRO—Ha hecho usted una brillante apología del adulterio y del libertinaje...

LUCINDA—Pudo usted haber esperado hasta que yo me casara, por lo menos...

MARQUES—*(Idem.)* Perdóname, Lucinda...

MINISTRO—Ha execrado usted la caridad, la benificencia y la justicia, distinguido Marqués... Y ha propuesto la supresión de la pobreza mediante la extinción, por hambre, de los pobres...

ROBERTA—Ah, Donatien, siempre has sido tan exagerado... ¿Quiénes serían nuestros sirvientes, en ese caso?...

MARQUES—*(Idem.)* Sí... Quizás se me ha ido un poco la mano...

MINISTRO—Bueno, pero no seamos excesivamente severos con nuestro huésped... Al fin y al cabo, sus ideas no son demasiado distintas de las que sustenta mi colega, el Ministro de Economía... Inclusive, de mis propios íntimos pensamientos...

MARQUES—*(Esperanzado.)* ¿Entonces?... ¿Debo entender, señor?... ¿Que nada me reprocha?

MINISTRO—*(Con creciente severidad.)* Lamento tener que decirle que sí... Que algo le reprocho...

¡Que algo muy grave le reprocho!...

MARQUES—*(Desolado.)* ¿Ves Roberta?... Tampoco en el Nuevo Mundo hay esperanzas para mí...

MINISTRO— ¡Ha vociferado usted en la plaza secretos que sólo se debían susurrar en la alcoba! ¡Ha puesto al alcance de groseras mandíbulas manjares que debieron quedar reservados para paladares exquisitos!

MARQUES—Yo, señor...

MINISTRO—*(Interrumpiéndole.)* ¡Usted!... ¡Usted que se jacta de haber agotado todos los vicios, de haber cometido todos los pecados, ha omitido el más terrible, el que más podría ofender a ese Dios al que tanto dice odiar...

MARQUES—*(Reaccionando.)* ¡No le permito, señor!... ¡Usted me ofende!... ¿Cuál es ese pecado?

MINISTRO—*(Vociferando.)* ¡La hipocresía!... ¡Abomine usted de los mandamientos de Dios, si quiere, pero vaya a misa todos los domingos!... ¡Fornique y adultere pero exalte la santidad de la familia!... ¡Extermine a los pobres pero hágalo en nombre del bienestar futuro!...

MARQUES—*(Rompiendo a llorar.)* ¡Tiene usted razón!... ¡Tiene usted razón!...

ROBERTA—Vamos, Donatien, no es para tanto...

LUCINDA—No sea usted tan severo, señor...

MINISTRO—*(Poniendo una mano sobre el hombro del Marqués.)* Está bien, querido maestro... Aún puede usted enmendarse, si renuncia a la pequeña vanidad de la literatura...

MARQUES—*(Calmándose, pero aún muy acongojado.)* ¡Lo prometo!... ¡Lo prometo!... Me ha dado usted una verdadera lección, querido señor...

MINISTRO—Gracias. Ahora, Fray Nicasio, si es usted tan amable... Quisiera hablar a solas con el señor...

FRAY NICASIO—Como usted ordene, Excelencia... *(Con una reverencia.)* Dominus vobiscum... *Sale.*

MINISTRO—Y bien, señor... Ahora que parece haber quedado aclarado todo entre nosotros... Me imagino que nos hará usted el honor de quedarse a vivir con nosotros, en América...

MARQUES—Si usted me lo permite, señor... *(Medrosamente.)* Y si usted me asegura que no volverán a encerrarme en un manicomio...

ROBERTA— ¡Donatien!... Teófilo te está ofreciendo su generosa protección...

MINISTRO—Y en América no hay manicomios, señor mío.

MARQUES—*(Eufórico.)* ¿No hay manicomios?... ¿Y locos?... ¿Tampoco hay locos?...

MINISTRO—Bueno... Sí, algunos... Alguno que otro.

MARQUES—¿Y qué hacen con ellos?

MINISTRO—*(Encogiéndose de hombros.)* No sé... Desaparecen... *(Breve pausa.)* Pero usted no debe preocuparse... La locura es una enfermedad que sólo afecta a los opositores...

MARQUES—*(Cayendo de rodillas.)* ¿Cómo puedo agradecerle tanta bondad, señor Ministro?

MINISTRO—No se preocupe, ya encontraremos la manera. *(Lo levanta.)* En realidad, creo que ya la he encontrado... *(Breve pausa.)* Como le he dicho antes, querido maestro, he leído sus obras con enorme delectación... ¿Sería excesivo?... Ahora... ¿Pedirle que usted ejecutara?... ¿Con la dulce y experimentada Roberta?... ¿Algunas de las ingeniosas evoluciones que usted ha descripto en páginas inolvidables?... ¡Mientras yo, torpemente!... ¿Trato de imitarlo en compañía de la joven Lucinda?... ¿Que me parece deseosa de aprender?...

MARQUES—Oh, señor, qué mayor honor...

MINISTRO—*(A Roberta.)* ¿Estás de acuerdo, ángel mío?

ROBERTA—Nada puedo negarte, mi alma...

MINISTRO—¿Y tú, Lucinda?

LUCINDA—*(Ruborizada.)* Si usted, señor, me lo ordena...

MARQUES—¿Me permite, amado discípulo? *(Sin esperar respuesta, toma el gorro de dormir del Ministro, se lo coloca en la cabeza y se tira en la cama.)* Ven, Roberta, ángel mío... *(Ella se aproxima.)* Venid vosotros también, queridos cachorros... Este lecho es ancho, largo y generoso como el Nuevo Mundo... Ah, América, América... ¡Qué lugar para vivir y para morir! Sí, dulcísimos camaradas... ¡El polvo de mis huesos, América tendrá!...

Apagón.

BIBLIOGRAFIA SELECTA

A—OBRAS

1—ROBERTO COSSA

El avión negro. B.A.: Talía, 1972. (Con Germán Rozenmacher, Carlos Somigliana y Ricardo Talesnik.)

Gris de ausencia. En *Teatro abierto 1981, antología.* B.A.: Editorial Teatro Abierto, 1981.

Nuestro fin de semana. Los días de Julián Bisbal. La pata de la sota. B.A.: Talía, 1972.

La ñata contra el libro. B.A.: Talía, 1967.

El viejo criado. En *El teatro argentino: Cierre de un ciclo.* B.A.: CEAL,1981, pp. 7-55.

2—OSVALDO DRAGUN

El amasijo. En Frank Dauster, Leon Lyday y George Woodyard (eds.). *9 dramaturgos hispanoamericanos.* Vol. I. Ottawa, Canada: GIROL Books, Inc., Segunda edición, 1983.

Amoretta. B.A.. Ediciones del Carro de Tespis, 1965. (Argentores, 73.)

Heroica de Buenos Aires. B.A.: Editorial Astral, 1967.

Historias con cárcel. En *Caminos del teatro latinoamericano.* La Habana: Casa de las Américas, 1973.

Historias para ser contadas. Edición completa. Ottawa, Canada: GIROL Books, Inc., 1982.

¡Un maldito domingo!; Y nos dijeron que éramos inmortales; Milagro en el mercado viejo. Madrid: Taurus, 1968.

Mi obelisco y yo. En *Teatro abierto 1981, antología.* B.A.: Editorial Teatro Abierto, 1981.

La peste viene de Melos. Pieza en 3 actos y 6 cuadros. B.A.: Ariadna, 1956. (Col. Coral, 7.)

Teatro: Hoy se comen al flaco. Al violador. Ottawa, Canada: GIROL Books, Inc., 1981.

3—GRISELDA GAMBARO

El campo. B.A.: Centro Editor de América Latina, 1981.

Decir sí. En *Teatro abierto 1981, antología.* B.A.: Editorial Teatro Abierto, 1981.

Los siameses. En Frank Dauster, Leon Lyday y George Woodyard (eds.). *9 dramaturgos hispanoamericanos.* Vol. II. Ottawa, Canada: GIROL Books, Inc., Segunda edición, 1983.

Teatro: Nada que ver. Sucede lo que pasa. Ottawa, Canada: GIROL Books, Inc., 1983.

Teatro: Las paredes. El desatino. Los siameses. Barcelona: Editorial Argonauta, 1979.

4—CARLOS GOROSTIZA

El acompañamiento. En *Teatro abierto 1981, antología.* B.A.: Editorial Teatro abierto, 1981.

¿A qué jugamos? B.A.: Sudamericana, 1969.

El caso del hombre de la valija negra. B.A.: La Máscara, 1951.

Juana y Pedro. Caracas. Monte Avila, 1976.

El lugar. B.A.: Sudamericana, 1972.

El pan de la locura. En *El teatro argentino: El teatro independiente.* B.A.: CEAL, 1981, pp. 8-85.

El puente. En *El, puente. Nuestro fin de semana.* B.A.: Kapelusz, 1974.

El reloj de Baltasar. B.A.: Losange, 1955.

5—RICARDO HALAC

Estela de madrugada. B.A. The Angel Press, 1965.

Fin de diciembre. Estela de madrugada. B.A.: The Angel Press, 1965.

Lejana tierra prometida. En *Teatro abierto 1981, antología.* B.A.: Editorial Teatro Abierto, 1981.

Segundo tiempo. B.A.: Galerna, 1978.

Soledad para cuatro. B.A.: Talía, 1962.

6—RICARDO MONTI

La cortina de abalorios. En *Teatro abierto 1981, antología.* B.A.: Editorial Teatro Abierto, 1981.

Historia tendenciosa de la clase media argentina, de los extraños sucesos en que se vieron envueltos algunos hombres públicos; su completa dilucidación y otras escandalosas revelaciones. B.A.: Talía, 1972.

Una noche con el Sr. Magnus e hijos. B.A.: Talía, 1971.

7—CARLOS SOMIGLIANA

Amarillo. B.A.: Falbo Librero Editor, 1965.

Amor de ciudad grande. B.A.: Falbo Librero Editor, 1965.

El avión negro. B.A.: Talía, 1972. (Con Roberto Cossa, Germán Rozenmacher y Ricardo Talesnik.)

El ex-alumno. En *Soledad para cuatro. El ex-alumno.* B.A.: CEAL, 1982. (Capítulo núm. 135.)

El nuevo mundo. En *Teatro abierto 1981, antología.* B.A.: Editorial Teatro Abierto, 1981.

B—CRITICA

Amo, Alvaro del, y Carlos Rodríguez Sanz. "Conversación con Osvaldo Dragún". *Primer Acto*, 77 (1966), 12-17.

Arrufat, Antón. "Charla sobre teatro". *Casa de las Américas*, Año II, 9(nov-dic 1961), 88-102.

. . . . "An Interview on the Theater in Cuba and in Latin America". *Odyssey Review*, II, 4(dic 1962), 248-263.

Aubele, Luis Angel. *"Estela de madrugada"*. Estudios(B.A.), núm. 565(jul 1965), 381-383.

Blanco Amores de Pagella, Angela. "Manifestaciones del teatro del absurdo en Argentina". *Latin American Theatre Review*, 8/1(Fall 1974), 21-24.

. . . . *Nuevos temas en el teatro argentino. La influencia europea.* B.A.: Huemul, 1965.

Bravi, Carlos. "Savia nueva en la dramaturgia argentina". *Lyra*, Año 24, 198-200(jun 1966).

Campa, Román V. de la. "Entrevista con el dramaturgo argentino Osvaldo Dragún". *LATR*, 11/1(Fall 1977), 84-90.

Campanella, Hebe. "El hoy y el aquí en el teatro argentino de los últimos 20 años". *Cuadernos Hispanoamericanos*, LXXVIII, 234(jun 1969), 673-693.

Castagnino, Raúl Héctor. "Panorama de una década de estrenos nacionales en los teatros porteños, 1950-1960". *Ficción*, 24-25(mar-jun 1960), 135-156.

. . . . "Tendencias actuales del teatro argentino". *Revista Iberoamericana*, XX, 4(oct-dic 1970), 435-452.

Cypess, Sandra M. "Physical Imagery in the Works of Griselda Gambaro". *Modern Drama*, VIII, 4(Dec. 1975), 357-364.

. . . . "The Plays of Griselda Gambaro". En Leon F. Lyday y George W. Woodyard (eds.), *Dramatists in Revolt: The New Latin American Theater*. Austin. Univ. of Texas Press, 1976, pp. 95-109.

Dauster, Frank. "Brecht y Dragún: teoría y práctica". En su *Ensayos sobre teatro hispanoamericano*. México: Sepsetentas, 1975, pp. 189-197.

. . . . *Historia del teatro hispanoamericano, siglos XIX y XX*. 2nda. edición muy ampliada. México: DeAndrea, 1973.

De Toro, Fernando. "El teatro hispanoamericano contemporáneo y el sistema mimético de Bertold Brecht". Tesis doctoral, Univ. de Montreal, 1980, 367-397.

Dragún, Osvaldo. "Nuevos rumbos en el teatro latinoamericano". *LATR*, 13/2(Supplement, Summer 1980), 11-16.

Driskell, Charles B. "Conversación con Ricardo Monti. *LATR*, 12/2(Spring 1979), 43-53.

Forster, Merlin H. "The Theater of Carlos Gorostiza". En Lyday, Leon F. y George W. Woodyard (eds.), *Dramatists in Revolt: The New Latin American Theater*. Austin: Univ. of Texas Press, 1976, pp. 110-119.

Foster, David W. "The Texture of Dramatic Ac-

tion in the Plays of Griselda Gambaro".
Hispanic Journal, I, 2(1980), 57-66.

. . . . "Carlos Gorostiza's *Los prójimos* as a Meta-
theatrical Drama". *Vórtice*, núm. 2(Spring
1978), 66-77.

Foster, Virginia Ramos. "Theatre of Dissent:
Three Young Argentine Playwrights", *LATR*,
4/2(Spring 1971), 45-50.

Galich, Manuel. "De *Amoretta* a *Historias con
cárcel*". *Conjunto*, núm. 16(abr-jun 1973),
82-86.

Garasa, Delfín Leocadio. "Direcciones del teatro
argentino actual". *Revista de Literatura
Hispanoamericana* (Univ. del Zulia), núm. 6
(ene-jun 1971), 167-187).

Gerdes, Dick. "Recent Argentine Vanguard Theatre: Gambaro's *Información para extran-
jeros*". *LATR*, 11/1(Spring 1978), 11-16.

Ghiano, Juan Carlos. "Nuevos dramaturgos".
Ficción, núm. 21(set-oct 1959), 76-80.

Giella, Miguel Angel, Peter Roster y Leandro Urbina. "Griselda Gambaro: La difícil perfección".
En *Teatro: Nada que ver. Sucede lo que pasa.*
Ottawa: Canadá: GIROL Books, Inc., 1983,
pp. 21-37.

. . . . "Griselda Gambaro: La ética de la confron-
tación". En *Teatro: Nada que ver. Sucede lo
que pasa.* Ottawa: Canadá: GIROL Books,
Inc., 1983, pp. 7-20.

. . . . "Osvaldo Dragún: La honesta desnudez". En *Teatro: Hoy se comen al flaco. Al violador.* Ottawa, Canadá: GIROL Books, Inc., 1981, pp. 73-123.

. . . . "Osvaldo Dragún: Teatro, creación y realidad latinoamericana". En *Teatro: Hoy se comen al flaco. Al violador.* Ottawa, Canadá: GIROL Books, Inc., 1981, pp. 7-38.

González-del-Valle, Luis y Antolín González-del-Valle. "Visión del hombre y de la sociedad en tres dramaturgos argentinos contemporáneos". *Cuadernos Americanos,* Año XXX, 178, núm. 5(set-oct 1971), 210-228.

Holzapfel, Tamara. "Evolutionary Tendencies in Spanish American Absurd Theatre". *LATR,* 13/2(Supplement, Summer 1980), 37-42.

Kaiser-Lenoir, Claudia. *"El avión negro:* De la realidad a la caricatura grotesca". *LATR,* 15/1 (Fall 1981), 5-11.

. . . . *El grotesco criollo: Estilo teatral de una época.* La Habana: Casa de las Américas, 1977.

Lyon, John E. "The Argentine Theatre and the Problem of National Identity: A Critical Survey". *LATR,* 5/2(Spring 1972), 5-18.

Monleón, José. "Dragún, el de *Las historias".* En *Osvaldo Dragún: Un maldito domingo; Y nos dijeron que éramos inmortales; Milagro en el mercado viejo.* Madrid: Taurus, 1968, pp. 18-40.

Moretta, Eugene L. "Spanish-American Theatre of

the 50's and 60's: Critical Perspectives on Role Playing". *LATR*, 13/1(Spring 1980), 5-30.

Muxó, David. "La violencia del doble: *Los siameses* de Griselda Gambaro". *Prismal*, núm. 2(Primavera 1978), 24-33.

Ordaz, Luis. "Unamuno, Halac y DeQuinto". *Primer Acto*, núm. 67(1965), 53-54.

Ortega, Julio. "Una nota a las *Historias* de Dragún". *LATR*, 13/2(Spring 1980), 73-76.

Picón Garfield, Evelyn. "Una dulce bondad que atempera las crueldades: *El campo* de Gambaro". *LATR*, 13/2(Supplement, Summer 1980), 95-102.

Podol, Peter L. "Reality Perception and Stage Setting in Griselda Gambaro's *Las paredes* and Antonio Buero Vallejo's *La fundación*". *Modern Drama*, 24(1981), 44-53.

. . . . "Surrealism and the Grotesque in the Theatre of Ricardo Monti". *LATR*, 14/1(Fall 1980), 65-72.

Postma, Rosalea. "Space and Spectator in the Theatre of Griselda Gambaro". *LATR*, 14/1(Fall 1980), 35-45.

Reynolds, Bonnie H. "Time and Responsibility in Dragún's *Tupac Amaru*". *LATR*, 13/1(Fall 1979), 47-53.

Rubio, Isaac. "La Argentina de Osvaldo Dragún: Entre Ionesco y Brecht". *The New Scholar*,

III, 5-6(1978), 179-198.

Saz Sánchez, Agustín del. "The Theater of Osvaldo Dragún". En Leon F. Lyday y George W. Woodyard (eds.), *Dramatists in Revolt: The New Latin American Theatre*. Austin: Univ. of Texas Press, 1976, pp. 77-94.

Schmidt, Donald L. "El teatro de Osvaldo Dragún". *LATR*, 2/2(Spring 1969), 3-20.

Suárez-Radillo, Carlos Miguel. "Tema y problema en el teatro iberoamericano contemporáneo". *Aconcagua*, II, 1(1966), 34-41.

Tirri, Nestor. *Realismo y teatro argentino*. B.A.: Ediciones La Bastilla, 1973.

Tschudi, Lilian. *Teatro argentino actual, 1960-1972*. B.A.: García Cambeiro, 1974.

Woodyard, George W. "Imágenes teatrales de Tupac Amaru: Génesis de un mito". *Conjunto*, 37(jul-sep 1978), 62-68.

. . . . "The Theatre of the Absurd in Spanish America". *Comparative Drama*, III, 3(Fall 1969), 183-192.

. . . . "Toward a Radical Theatre in Spanish America". In Johnson, Harvey L. and Philip B. Taylor, Jr., (eds.), *Contemporary Latin American Literature*. Houston: Univ. of Houston, Office of International Affairs, pp. 93-102.

Zalacaín, Daniel. "El personaje 'fuera del juego' en el teatro de Griselda Gambaro". *Revista de Estudios Hispánicos*, 14, núm. 2(1980), 59-71.

Zayas de Lima, Perla. *Diccionario de autores tea-*
trales argentinos (1950-1980). B.A.: Editorial
Rodolfo Alonso, 1981.

INDICE

PUBLICACIONES GIROL

COLECCION TELON

SERIE ANTOLOGIAS:

ANTOLOGIA DEL TEATRO HISPANOAMERI—
CANO DEL SIGLO XX

VOLUMEN I:
9 DRAMATURGOS HISPANOAMERICANOS

Rodolfo Usigli: *Corona de sombra*
Osvaldo Dragún: *El amasijo*
José Triana: *La noche de los asesinos*

VOLUMEN II:
9 DRAMATURGOS HISPANOAMERICANOS

Xavier Villaurrutia: *Invitación a la muerte*
Griselda Gambaro: *Los siameses*
Egon Wolff: *Flores de papel*

VOLUMEN III:
9 DRAMATURGOS HISPANOAMERICANOS

René Marqués: *Los soles truncos*
Jorge Díaz: *El cepillo de dientes*
Emilio Carballido: *Yo también hablo de la rosa*

VOLUMEN IV:
  3 DRAMATURGOS RIOPLATENSES

Florencio Sánchez: *Barranca abajo*
Roberto Arlt: *Saverio el cruel*
Eduardo Pavlovsky: *El señor Galíndez*

Editados y con introducciones y bibliografías por:
Frank Dauster, Leon Lyday y George Woodyard

VOLUMEN V:
  7 DRAMATURGOS ARGENTINOS: PIEZAS EN UN ACTO REPRESENTADAS EN EL CICLO DE TEATRO ABIERTO 1981

Roberto Cossa: *Gris de ausencia*
Osvaldo Dragún: *Mi obelisco y yo*
Griselda Gambaro: *Decir sí*
Carlos Gorostiza: *El acompañamiento*
Ricardo Halac: *Lejana tierra prometida*
Ricardo Monti: *La cortina de abalorios*
Carlos Somigliana: *El nuevo mundo*

Editado y con introducciones por: Miguel Angel Giella, Peter Roster y Leandro Urbina

SERIE MONOGRAFIAS

Ricardo Talesnik. *La fiaca. Cien veces no debo* (nueva versión).

Estudio introductorio por Saúl Sosnowski
Entrevista por Miguel A. Giella
Bibliografía por Peter Roster

SERIE OBRAS INEDITAS

Osvaldo Dragún: *Hoy se comen al flaco. Al violador.*

Introducción, entrevistas y bibliografía por: Miguel Angel Giella, Peter Roster y Leandro Urbina

Griselda Gambaro: *Nada que ver. Sucede lo que pasa.*

Introducción, entrevistas y bibliografía por: Miguel Angel Giella, Peter Roster y Leandro Urbina

SERIE OBRAS UNIVERSITARIAS

Osvaldo Dragún: *Historias para ser contadas* (Edición completa).

Con prólogo del autor.

SERIE TEORIA

Juan Villegas: *Interpretación y análisis del texto dramático.*

GIROL Books, Inc.
P.O. Box 5473, Station F
Ottawa, Canada
K2C 3M1

ESTE LIBRO SE TERMINO DE IMPRIMIR
EN EL MES DE ABRIL DE 1983

LA EDICION CONSTA DE 2000 EJEMPLARES
MAS SOBRANTES PARA REPOSICION